Celina Bodenmüller • Fabiana Prando

A FLOR DE LIROLAY
E OUTROS CONTOS DA AMÉRICA LATINA

Ilustrações: Samuel Casal

5ª impressão

CB061752

Texto © Celina Bodenmüller e Fabiana Prando
Ilustrações © Samuel Casal

Diretor editorial
Marcelo Duarte

Diretora comercial
Patth Pachas

Diretora de projetos especiais
Tatiana Fulas

Coordenadora editorial
Vanessa Sayuri Sawada

Assistentes editoriais
Olívia Tavares
Camila Martins

Projeto gráfico
Carolina Ferreira

Preparação
Sandra Brazil

Revisão
Ivany Picasso Batista

Colaboração
Rita Narciso Kawamata

Impressão
Loyola

CIP - BRASIL. CATALOGAÇÃO NA FONTE
SINDICATO NACIONAL DOS EDITORES DE LIVROS, RJ

Bodenmüller, Celina
A flor de Lirolay e outros contos da América Latina / Celina Bondenmüller, Fabiana Prando; ilustração Samuel Casal. – 1. ed. – São Paulo: Panda Books, 2015. 112 pp. il.

ISBN: 978-85-7888-495-6

1. Conto infantojuvenil latino-americano. I. Prando, Fabiana. II. Casal, Samuel. III. Título.

15-19769   CDD: 028.5
            CDU: 087.5

2021
Todos os direitos reservados à Panda Books.
Um selo da Editora Original Ltda.
Rua Henrique Schaumann, 286, cj. 41
05413-010 – São Paulo – SP
Tel./Fax: (11) 3088-8444
edoriginal@pandabooks.com.br
www.pandabooks.com.br
Visite nosso Facebook, Instagram e Twitter.

Nenhuma parte desta publicação poderá ser reproduzida por qualquer meio ou forma sem a prévia autorização da Editora Original Ltda. A violação dos direitos autorais é crime estabelecido na Lei nº 9.610/98 e punido pelo artigo 184 do Código Penal.

Dedico este livro a Conrado, meu filho. Agradeço a Joe Hayes e a Conrado Micke Moreno Junior, que fizeram com que os preciosos livros da bibliografia chegassem ao Brasil. Agradeço à querida Rúbia pela ajuda de todos os dias. (C.B.)

Dedico a Enzo e Newton, meus amados. Agradeço à Celina pelo convite, ao Joe Hayes pela simpatia e generosidade e ao Ateliê Ocuilí pela jornada no México. (F.B.)

SUMÁRIO

7 APRESENTAÇÃO

A FLOR DE **LIROLAY** **10**
ARGENTINA

13 A ESPOSA DO **CONDOR**
BOLÍVIA

MARIA JABUTICABEIRA **18**
BRASIL

24 **DELGADINA**
CHILE

AS TRÊS **IRMÃS** **31**
COLÔMBIA

38 O PÁSSARO DOCE **ENCANTO**
COSTA RICA

A HORTA DO MACACO **TOMÁS** **43**
CUBA

46 A ORIGEM DO **UNIVERSO**
EL SALVADOR

MARIA **ANGULA** **48**
EQUADOR

55 OS TRÊS **SONHOS**
GUATEMALA

OS HOMENS E O **TRABALHO** **57**
GUIANA FRANCESA

59 O CÃO E O **BODE**
HAITI

- 62 — A COIOTE **TEODORA** — HONDURAS
- 66 — A **CHORONA** — MÉXICO
- 70 — MÃE **ESCORPIÃO** — NICARÁGUA
- 74 — TAMBOR DE **PIOLHO** — PANAMÁ
- 80 — OS MACAQUINHOS DE **TUPÃ** — PARAGUAI
- 82 — O CABO **MONTAÑEZ** — PERU
- 85 — TIA **MISÉRIA** — PORTO RICO
- 90 — O DOUTOR E A **MORTE** — REPÚBLICA DOMINICANA
- 93 — A ÁRVORE E O **PASSARINHO** — URUGUAI
- 97 — O CAVALINHO DAS **SETE CORES** — VENEZUELA
- 103 — SOY LOCO POR TI **AMERICA**
- 110 — REFERÊNCIAS **BIBLIOGRÁFICAS**
- 111 — AS AUTORAS

APRESENTAÇÃO

A ação de contar histórias traduz muito da natureza humana. Há mesmo quem diga que "não contamos histórias porque somos humanos, mas somos humanos porque contamos histórias". Nós estamos desde muito cedo envolvidos e fascinados por essa arte de criar, compartilhar e conhecer diferentes narrativas. Basta perceber como as crianças, desde pequenas, acompanham atentamente quando alguém se põe a contar uma história.

A habilidade de narrar é muito anterior à escrita. Antes de existirem livros, as pessoas se reuniam em volta de fogueiras ou embaixo de árvores para ouvir e contar histórias, que eram memorizadas e passadas oralmente dos pais aos filhos, de geração a geração. E elas não apenas entretinham, mas transmitiam a memória e os conhecimentos daquele povo, mantendo vivos valores, costumes, crenças, mitos. Algumas explicavam a criação do mundo ou a origem dos dias e das noites. Outras descreviam as peripécias de seres mágicos, ou as idas e vindas de personagens tecendo seu próprio destino. Além disso, histórias alimentam a imaginação, promovem a interação, estimulam a aprendizagem.

Os contos desta antologia nasceram assim, passados de boca em boca, desde tempos remotos e incertos, em tantos recantos da América Latina. Têm como cenários a cordilheira dos Andes, terras antigas da América Central, vulcões adormecidos, aldeias de índios guarani, entre outros, e são habitados por seres incomuns, encantados, como um rei cego e triste, um condor apaixonado, uma flauta mágica e divindades astecas.

As personagens, as paisagens e o ambiente em que os contos se passam trazem características do local e do contexto onde surgiram: terras do Novo Mundo que hoje correspondem a diferentes países, como Bolívia, Peru, Equador, Cuba, Costa Rica, Brasil. Muito antes de elas terem sido descobertas pelos europeus, ali viviam diferentes civilizações e povos, com sua sabedoria, seu modo de vida, sua singularidade.

Mesmo com o sangrento processo de colonização, que desmantelou a cultura e impôs a língua estrangeira, um tanto desse rico e multifacetado imaginário sobreviveu e se perpetuou, hoje registrado em narrativas como estas, selecionadas para você. Aliás, vale ressaltar que a influência do colonizador também se faz presente aqui, como a ternura típica dos contos de fadas permeando a história que dá título ao livro. E outras vozes também contribuíram, como povos africanos escravizados e trazidos para a América, ou povos árabes que influenciaram a cultura dos espanhóis.

Lançar-se em uma jornada para resgatar esse imaginário e registrá-lo por escrito, em língua portuguesa, são preciosas contribuições desta antologia para que crianças, brasileiras ou não, tenham contato com as tradições latino-americanas, descobrindo em si o orgulho de fazer parte desse imenso e múltiplo território. América Latina: terra de muitas vozes, muitos rostos e muitas histórias.

A FLOR DE LIROLAY

ARGENTINA

Os antigos a chamavam de Lirolay, a flor milagrosa, que só poderia ser vista por pessoas de bom coração. Tinha pétalas de vermelho intenso, desabrochava sempre à meia-noite e, ao abrir, revelava em seu interior uma grande pérola brilhante.

Certa vez, um príncipe, o mais jovem dos três filhos do bom rei Asportuma, que governava uma grande região do Império Inca, a encontrou.

Naquele tempo, Asportuma não podia enxergar sua família, seu povo nem seu reino de montanhas e pradarias estendidas de um mar ao outro.

Uma grave doença roubou a luz de seus olhos. O rei estava cego e, por isso, vivia dias cheios de tristeza.

Os três filhos decidiram encontrar e colher a flor milagrosa, e o rei prometeu transferir sua coroa àquele que conseguisse esse feito. Os três jovens partiram e, quando em determinado ponto o caminho em que seguiam se trifurcou, combinaram que após exatamente um ano voltariam a se encontrar naquele mesmo lugar, qualquer que fosse o resultado de sua jornada.

E assim aconteceu: cada um seguiu por uma estrada. Um ano depois, apenas o mais jovem deles voltou à estrada trazendo a flor. Quando os outros dois irmãos perceberam que não ganhariam a coroa, foram envenenados pela inveja e pela cobiça e resolveram matar e enterrar o irmão mais novo ali mesmo.

A flor curou o rei, mas uma tristeza ainda maior agora tomava seu coração de sofrimento. Ele sentia saudade do filho caçula e também se sentia responsável por seu desaparecimento.

Mas no lugar onde o jovem príncipe fora enterrado, brotou um juncal que cresceu vigorosamente. Um dia, um pastorzinho de cabras passando

por lá resolveu fabricar uma flauta com um dos caules desse juncal. E qual não foi sua surpresa ao ouvir este canto ao assoprar pela primeira vez o instrumento:

Não me toque, pastorzinho,
Apenas me deixe contar,
Meus irmãos me mataram
Pela flor de Lirolay.

A fama da flauta mágica se espalhou rapidamente e chegou aos ouvidos do rei, que chamou o pastorzinho ao palácio. Para o rei, a flauta disse:

Não me toque, querido pai,
Apenas me deixe contar,
Seus filhos me mataram
Pela flor de Lirolay.

O rei imediatamente mandou chamar os dois filhos. E a flauta lhes disse estas palavras:

Não me toquem, irmãozinhos,
Apenas me deixem contar,
Que vocês me mataram
Pela flor de Lirolay.

O pastorzinho levou o rei ao juncal e, escavando suas raízes, encontraram o príncipe ainda vivo e o tiraram de lá. Com toda a verdade revelada, o rei condenou os dois filhos mais velhos à morte, mas o jovem príncipe perdoou seus irmãos e conseguiu que seu pai também os perdoasse.
Com seu coração valoroso, o conquistador da flor de Lirolay reinou por muitos anos, na mais plena paz.

A ESPOSA DO CONDOR

BOLÍVIA

Asas abertas sobre a cordilheira, planava o condor: monte Chacaltaya, Tiahuanaco, Huayna Potosí, Valle de la Luna, lago Titicaca. A beleza da Bolívia andina não o fascinava tanto quanto a visão de uma pastorinha. Rosto moreno, cabelos longos e lisos, olhos negros e dóceis. O condor estava apaixonado.

Para aproximar-se da jovem, tomou a forma de um homem e envolveu suas penas num manto preto e branco. Disfarçado, apresentou-se à pastorinha:

– Lulu, que fazes aqui?

– Pastoreio minhas ovelhas, lhamas e alpacas. Canto e, com a minha ronda, afugento a raposa que quer comer meu rebanho e afasto o *mallcu*[1] que deseja me arrebatar.

– Quer que eu a acompanhe e a ajude a pastorear e espantar o *mallcu*?

– Não! As companhias podem arruinar uma jovem. Amo meus animais, adoro minha agreste liberdade e quero viver sozinha, cantando longe dos pesares do amor.

– Então vou embora. Até amanhã!

No dia seguinte, regressou com o mesmo disfarce:

– Lulu, vamos conversar?

– Vamos! De onde você vem?

– Venho de montes elevados, onde o soar do trovão é aterrador. Um lugar que recebe os primeiros beijos do sol e os últimos raios de sua luz moribunda. Lá onde a neve brilha como um diamante e a solenidade e o silêncio imperam. Gostaria de ir até lá comigo? Serias a soberana dos ares. O céu sempre azul, sempre diáfano, seria o telhado de nossa morada. As flores do fundo dos vales enviariam seus aromas para agraciar a nossa existência. Queres ir, meu bem?

– Não, não quero as alturas de onde vens. Amo a minha mãe, que choraria com a minha ausência. Quero os meus campos, minhas alpacas, lhamas e ovelhas. Imagine o quanto sofreriam sem mim...

– Lulu, eu compreendo. Peço que me emprestes o seu alfinete para que eu possa coçar minhas costas que estão formigando.

---

1. *Mallcu* ou *mallku* é o espírito e a força das montanhas, uma presença poderosa nas alturas representada pelo condor, animal majestoso e respeitado.

A jovem emprestou o alfinete que, depois de usado, lhe foi devolvido.

No dia seguinte, o jovem prosseguiu:

– Lulu, Lulu! Seus olhos me enfeitiçaram, não posso viver sem ti. É por isso que vim. Vamos comigo?

– Não, não posso. Minha mãe choraria, minhas ovelhas baliriam tristes por mim, as lhamas e alpacas blaterariam em desespero.

– Minhas costas estão formigando muito mais do que ontem... Poderias, por favor, me coçar? Teus dedos suaves como a lã da alpaca darão fim a essa comichão, tenho certeza.

Inocente, a jovem tocou suas costas. O rapaz segurou os braços da pastora em volta do pescoço e partiu numa corrida desenfreada. Lançou-se à beira do precipício. Abriu as asas e revelou sua verdadeira natureza, alçando voo com sua preciosa carga.

Cruzaram os ares e, depois de uma rápida viagem, chegaram a uma gruta numa montanha muito, muito alta. Lá morava a mãe do condor, uma ave de muita idade e de plumagem descolorida. Na mesma montanha havia muitas grutas apinhadas de condores, um covil.

A chegada da moça foi celebrada com uma agitação ruidosa: centenas de condores crocitando e batendo as asas. A velha ave mãe recebeu-a com

alegria e abrigou-a embaixo de suas grandes asas, transmitindo seu calor à pastorinha, que tremia de frio naquelas alturas.

O amor incondicional do condor e a indescritível beleza da paisagem aqueceram o coração da jovem, que nutriu um profundo respeito e apreciação por todos que viviam ali. Sentia-se amada e acolhida.

A pastora vivia feliz com seu condor jovem e carinhoso, mas sentia muita fome.

– Suas carícias alimentam minha alma, mas a falta de alimento fará meu corpo desfalecer. Preciso de comida e bebida. Preciso de fogo, preciso de carne, preciso dos frutos da terra. Tenho fome, tenho sede, meu bem.

O condor levantou voo em busca de comida para sua bem-amada. Com seu bico, abriu um canal por onde escoava água limpa e cristalina. Dos campos e dos caminhos, recolheu a carne de animais mortos. Escavou campos de batata.

A carne cheirava mal, as batatas eram muito duras e a jovem, assolada pela fome, devorou tudo com avidez. Suspirava por pão, mas seu companheiro não foi capaz de satisfazer esse desejo...

O cerco amoroso de seu parceiro, a saudade de casa e a escassez de alimentos a enfraqueciam. Com o tempo surgiram plumas em seu corpo. Tornou-se seu ofício colocar ovos, uma infinidade deles. E ali ela ficava e chocava, chocava, chocava... Era a mulher do condor, a rainha dos ares. Sua missão era produzir condores que, como o pai, povoariam, impávidos, o espaço.

Enquanto isso, sua mãe chorava desolada em casa. Sofria com a ausência da filha. Compadecido da pobre mulher, um papagaio, que naquele tempo era uma ave tão grande quanto um condor, falou:

– Não chore, mamãe, tua filha vive na grande montanha, é concubina do *mallcu*. Se me deres tua horta de milho para que eu possa me alimentar e suas árvores para que eu possa pousar e fazer meus ninhos, prometo trazê-la de volta.

A mãe aceitou a oferta. Cedeu sua plantação de milho e suas árvores. O papagaio voou até a alta montanha e, aproveitando um momento de distração dos condores, carregou a jovem consigo e devolveu-a à mãe. Ela estava fedorenta e fraca pela péssima alimentação que tivera no covil dos condores.

Os olhos negros como a noite escura eram o único resquício de sua beleza morena. Seu corpo estava coberto de plumas sedosas e ela tinha um aspecto repugnante. A mãe recebeu-a entre seus braços, lavou o corpo da filha com as lágrimas de seus olhos, vestiu-a com seu melhor traje, sentou-a no colo e a contemplou com infinita ternura.

Indignado e contrariado com o malfeito do papagaio, o condor partiu em sua perseguição. Encontrou o desalmado saindo do milharal com a barriguinha forrada. Voava contente e satisfeito, pulando de árvore em árvore.

O condor alcançou-o rapidamente e, sem dar-lhe tempo, engoliu-o de uma vez. O danado do papagaio conseguiu sair escalando a goela do condor. Furioso, o condor tomou o papagaio em suas garras e o partiu em pedacinhos, devorando-os um a um. Mesmo assim, para sua surpresa, uma revoada de louros se agitou dentro dele que, de bico escancarado, viu sair uma profusão de papagaios. Os índios quéchua[2] dizem que a partir desse dia os papagaios, que eram enormes, ficaram reduzidos ao tamanho que têm até hoje.

Desconsolado, o condor voltou à montanha, tirou suas plumas reluzentes de negro e, mergulhado na dor, chorou por sua pastorinha. Suas lágrimas converteram-se em mariposas negras que voaram até a casa de sua amada.

2. Indígenas que habitavam o oeste e o noroeste da América do Sul.

MARIA JABUTICABEIRA

BRASIL

Foi o sabiá-laranjeira, passarinho mexeriqueiro que, cruzando os céus da paisagem brasileira, assobiou esta história. O encanto de quem a ouviu foi tão grande que o conto voou, voou e voou... E assim, de boca em boca, atravessando o tempo, chegou até você com a formosura do canto original!

No tempo em que os sapos tinham cabelos, um rei e uma rainha sonhavam com um herdeiro. Depois de anos de espera foram abençoados com um filho. O príncipe era amado pelos pais, que realizavam todos os seus desejos. O menino cresceu mimado e caprichoso, querendo que o mundo se curvasse diante de suas vontades.

Um dia, o príncipe estava enamorado de uma bela princesa, e o casamento parecia certo. Trocou confidências com um empregado de sua confiança. O criado era um homem sábio, versado nas artes da magia e da adivinhação. Estudava as estrelas, fazia cálculos matemáticos, conhecia as ciências ocultas.

– Em breve serei um homem casado!

– Não tenha tanta certeza, meu amo... A noiva do príncipe, meu senhor, ainda está para nascer!

– Mas que bobagem, meu amigo!

– O que tem de ser tem muita força, meu senhor!

Em pouco tempo o príncipe desmanchou o noivado e apaixonou-se por outra moça. O criado mais uma vez o advertiu:

– A noiva do príncipe, meu senhor, ainda não nasceu!

– De novo essa bobagem?

– O que tem de ser tem muita força, meu senhor!

E aquele namoro também não foi adiante...

Por muito tempo o jovem não pensou mais no assunto. Ocupava-se com torneios e caçadas. Gostava de embrenhar-se mata adentro na companhia de seu fiel criado, passando dias nessas jornadas. Tinha preferência por uma trilha sinuosa, que desembocava numa clareira às margens de um ribeirão de águas claras e frias. O príncipe gostava de repousar ali, à sombra das árvores. Ia com tanta frequência ao lugarejo, que travou amizade com um homem simples, dono de um casebre humilde às margens do riacho. Solícito, sempre saudava o príncipe e o companheiro e oferecia a eles água fresca, frutas e pães, além de uma boa conversa embalada pelo som de sua viola.

Certa vez, o príncipe apeou no mesmo lugar e estranhou a ausência do homem. Ficou curioso. O que teria acontecido ao camponês? Algumas horas depois, ele veio todo esbaforido desculpar-se pela desatenção. É que a mulher estava em trabalho de parto e precisava de sua ajuda.

O príncipe agradeceu, desejou boa-sorte ao casal e, enquanto descansava, perguntou ao criado:

– Sábio companheiro, que destino terá a criança se nascer neste minuto?

O criado fez seus cálculos, riscando o chão de terra com um graveto e respondeu:

– Morrerá enforcada, príncipe, meu senhor!

A casinha continuava silenciosa e o filho do rei, mais uma vez, perguntou:

– E se nascesse agora?

– Morreria degolada, alteza!

Mais um longo silêncio foi cortado pela curiosidade do jovem:

– Refaça sua análise e responda qual seria a sina dessa criatura se nascesse exatamente agora.

– Morreria afogada, sem sombra de dúvida!

Meia hora depois o dono da casa voltou todo satisfeito, anunciando o nascimento de uma linda menina, sua amada e preciosa filhinha. Despediu-se dos jovens e foi fazer companhia à mulher.

O príncipe quis saber então qual seria o destino daquela criança e ouviu:

– A menina que acaba de nascer se casará com o príncipe, meu senhor, e será a rainha de todo este reino!

– Mas isso é o que veremos! Vou contrariar o destino! Mostrarei quem pode mais! Sou eu que me governo!

– O que tem que ser tem muita força, meu senhor!

O príncipe entrou no casebre e pediu aos pais a tutela da menina. Disse que a criaria com todas as riquezas, luxo e favores. E que eles se arrependeriam de tirar da filha aquela grande oportunidade. O casal recusou a oferta, mas, no final, acabou cedendo aos argumentos do jovem, certos de que dariam um inestimável presente para a menina. Ele embrulhou o bebê em sua capa e entregou-o ao criado. Partiram velozes em seus cavalos, tomando a direção do palácio. No caminho, atravessaram um bosque repleto de jabuticabeiras. O príncipe parou e ordenou que seu serviçal matasse a menina e trouxesse a ponta da língua como sinal de obediência. O bom homem entrou no mato com a criança nos braços e foi incapaz de matar uma inocente. Fez para ela uma caminha de folhas debaixo de uma jabuticabeira e deitou-a. Cortou a língua de um sagui que macaqueava por ali e mostrou-a ao príncipe, que se deu por satisfeito. E partiram.

Algum tempo depois, uma antiga criada do castelo passou por ali e ouviu o choro do bebê. A mulher pegou a criança, que estava faminta e tremia de frio. Envolveu-a em seu xale e levou-a para casa. Como não tinham filhos, ela e o marido resolveram adotar a menina que, por ter sido encontrada ao pé de uma jabuticabeira, ganhou o nome de Maria Jabuticabeira. Mas todos a chamavam de Maria Jabu. A criada dizia a todos que a menina era sua filha legítima e espalhava aos quatro ventos as virtudes da pequena. A rainha, que soubera do crime encomendado pelo filho pela boca do criado, desconfiou que aquela criança não fosse de fato filha da antiga serviçal. Chamou a mulher à sua presença e conseguiu arrancar dela toda a verdade. Quando pôs os olhos na pequenina, a rainha foi tomada por forte emoção:

– O que tem que ser tem muita força!

Não permitiu que a mulher levasse Maria Jabu e, a partir daquele dia, adotou-a como filha, dando-lhe vida e educação de princesa.

O rei faleceu e o príncipe herdou a coroa. Maria cresceu e tornou-se uma bela moça, o xodó da rainha. O jovem monarca, mesmo desconhecendo a história da irmã de criação, nutria um ódio mortal por ela. Por mais que fosse atenciosa e delicada, era sempre repelida por ele.

Sentindo sua antipatia pela moça crescer a cada dia, o rei exigiu que seu velho criado contasse a verdade sobre aquela menina abandonada no jabuticabal. Gritou, ameaçou, esbravejou até que o homem confessasse.

– Maria Jabu é aquela criança?

– O que tem que ser tem muita força, meu senhor!

Furioso, bolou um plano para se livrar de Maria Jabu. Chamou a jovem e lhe disse:

– Maria Jabu, aqui estão as chaves da sala do tesouro real. Farei uma breve viagem e você será a responsável por elas. Quando regressar, quero ter nas mãos esse molho de chaves intacto, como hoje. Se faltar uma única chave, você será banida para sempre deste reino!

A jovem guardou as chaves na cômoda de seu quarto. Não percebeu que o rei a seguira. Quando saiu, ele entrou no quarto, abriu a gaveta, retirou as chaves e jogou-as no mar. Depois seguiu viagem.

Antes de dormir, Maria teve a ideia de colocar as chaves embaixo do travesseiro. Abriu a gavetinha da cômoda e desesperou-se com o sumiço delas. Correu para o quarto da rainha e dividiu sua aflição.

– Calma, minha filha! – disse a soberana. Há vontades mais fortes que a dos homens. Saiba que o que tem que ser tem muita força!

Na manhã seguinte, os criados compraram peixe para o almoço. Quando abriram um dourado grande e gordo, viram algo escuro e pesado dentro dele. Era o molho de chaves! Levaram o achado para a rainha, que imediatamente o entregou à Maria Jabu.

No outro dia o rei chegou e perguntou:

– Onde estão as chaves, Maria Jabu?

– Estão aqui, rei, meu senhor!

Atônito, o rei mudou de cor. Ficou branco de incredulidade, vermelho de raiva...

Para acabar de vez com aquela sina, resolveu arranjar uma noiva. Mandou que buscassem uma princesa num reino vizinho. A moça chegou após uma longa viagem de navio. Vinha desgostosa, porque amava um rapaz, e verde, porque enjoara na travessia pelo mar.

Maria Jabu fez amizade com a moça e logo trocaram confidências. Ela pediu:

– Maria, por favor, me ajude! Não posso me casar com o rei, meu coração já tem dono. Quero voltar para o reino de meu pai. Serei eternamente grata a você se puder colaborar.

As duas conversaram baixinho e fizeram um trato. A princesa pediu ao rei que apagasse a luz para que ela entrasse no aposento real. E assim foi feito. Na escuridão, Maria Jabu entrou no quarto e tomou o lugar da noiva.

Algumas horas depois, o monarca, feliz por ter enganado o destino, deixou o leito e foi até o quarto de Maria, onde a princesa dormia. Levava consigo um vidro cheio de abelhas, pulgas e marimbondos. Abriu a tampa para que eles atormentassem a jovem.

De volta ao quarto, cobriu sua companheira de beijos e enfeitou-a com um colar de ouro, uma pulseira e brincos. Adormeceu. Maria Jabu então retornou a seu quarto, e a princesa deitou-se ao lado do rei.

Durante o dia o rei se admirou ao ver Maria Jabu com a pele lisinha, toda bela e faceira. A princesa, por sua vez, estava cheia de calombos, perebas e se coçava inteira. Encafifado com aquilo, chegou mais perto de Maria e percebeu que ela usava um cordão de ouro, brincos e pulseira.

– Quem lhe deu essas joias, Maria Jabu?

– Foi o rei, meu senhor!

O rei balançou a cabeça e reconheceu que não tinha forças para lutar contra o destino. Mandou preparar um navio para a princesa retornar a seu país, cobrindo-a de presentes e desculpas. Casou-se com Maria Jabu, que foi coroada rainha. Tiveram uma vida longa, próspera e feliz.

E quem gosta de comer formiga
É meu amigo tamanduá
Quem me contou esse conto
Foi o passarinho sabiá!
Como o sapo ficou careca
Isso já é outra história
Se pudesse eu te contava
Mas me falha a memória

DELGADINA

CHILE

Era uma vez uma menina chamada Delgadina, que vivia entre a floresta e as cordilheiras do Chile. Um dia, ela encontrou na floresta uma pequena cobra vermelha. Delgadina a levou para casa e pintou uma linda caixa para o animal morar. Brincou com a cobra o dia todo. À noite, acomodou-a na caixa e colocou-a embaixo da cama. Para embalar o sono da cobra, cantou:

Minha cobra companheira
Te embalo na canção
Que na hora de dormir
Você tenha sonhos bons

Na manhã seguinte, viu que a cobra tinha triplicado de tamanho:
– Minha cobra querida, você cresceu tão depressa!
– Minha filha, essa cobra é mágica! Você tem que cuidar dela – aconselhou a mãe.

A cobra foi ficando maior a cada dia, até preencher todo o chão do quarto da menina. Delgadina não tinha medo da cobra, e nunca fora ferida por ela. Mas sua mãe disse:
– Minha filha amada, a cobra é muito grande para continuar na nossa casa. Ela tem que viver na floresta.

Delgadina levou a cobra para fora e seguiu-a com o olhar. Viu a amiga rastejando de casa para uma caverna na floresta. Todo dia a menina visitava a cobra, que continuava a crescer e a crescer.

Um dia, a mãe de Delgadina disse:
– Minha filha, somos muito pobres para alimentar a cobra. Você tem que dizer a ela para ir embora para o oceano.

Triste, Delgadina concordou.

Na entrada da caverna, chamou como das outras vezes:
– Minha pequena cobra vermelha!

A grande cobra vermelha fez seu caminho, serpenteando até a entrada da caverna. Para a surpresa de Delgadina, ela falou com voz humana:
– O que você quer?
– Minha amiga querida, minha mãe acha que você é muito grande e que não poderemos mais alimentá-la. Ela diz que você será mais feliz no oceano. Sentirei sua falta.
– Sua mãe está certa – respondeu, assobiando e silvando suavemente.

– Eu cresci pelo seu amor e quero te dar um presente. Esfregue suas mãos três vezes ao redor dos meus olhos.

A menina seguiu as instruções da cobra, que continuou:

– De agora em diante, Delgadina, toda vez que lavar as mãos e sacudi-las para secar, moedas de ouro cairão de seus dedos.

Delgadina agradeceu à cobra e observou-a deslizando devagar e graciosamente até o oceano.

Passaram-se anos, Delgadina cresceu. Por causa do presente da cobra, ela e sua mãe ficaram ricas. Ambas eram generosas e dividiram a riqueza com os necessitados e, assim, todos se beneficiaram do presente da cobra.

Não muito longe do lugar onde Delgadina vivia, havia um rei que procurava uma rainha. Ele ouvira falar a respeito da extraordinária garota cuja generosidade trouxera harmonia para muitos, que era bela e que tinha a habilidade mágica de fazer cair moedas de ouro de seus dedos. Também ouvira canções sobre ela:

Delgadina, lavando a mão
Uma maravilha, uma assombração
Assim a sacudir, sacudir, sacudir
E as moedinhas dos seus dedos a cair

O rei queria se casar com Delgadina. Entretanto, ele não sabia onde encontrá-la e não conhecia a mãe dela.

Mas havia uma bruxa que vivia perto do palácio. Ela tinha uma filha desmilinguida, azeda e magricela. A bruxa queria que a filha se casasse com o rei, então foi até ele e mentiu:

– Vossa majestade, eu conheço a mãe de Delgadina. Se me der uma carruagem de ouro com quatro cavalos e um vestido feito de pérolas e diamantes, eu posso trazê-la até o senhor.

O rei concordou, sem saber que a mulher era uma bruxa.

A malvada vestiu a própria filha com o vestido de pérolas e diamantes. Escondeu-a nas sombras, no cantinho da carruagem, cobriu-a com um manto negro e seguiu para a casa de Delgadina.

A mãe de Delgadina deleitou-se ao ver a beleza da carruagem real. Ela consentiu que a filha se casasse com o rei. Delgadina estava contente, pois ouvira dizer que o rei era pessoa de muita bondade e gentileza. A mãe de Delgadina pediu para viajar com elas, mas a bruxa disse que voltariam no dia seguinte para buscá-la.

Delgadina estava adorável, vestia sua melhor roupa. Embarcou na escuridão da carruagem, despediu-se da mãe e seguiu para o palácio. A bruxa trancou bem a porta e tocou os cavalos na direção oposta ao palácio.

Delgadina percebeu algo estranho. Será que elas estavam no caminho errado? Nesse momento, ela viu a garota escondida usando um vestido brilhante, coberta pela capa negra. Delgadina bateu na janela, mas a bruxa continuou guiando a carruagem e não lhe deu a menor atenção. Subiram cada vez mais alto pelas montanhas até chegar a um precipício de onde se via o mar. Então, a bruxa parou a carruagem e abriu a porta. Ela puxou Delgadina do assento e, com suas unhas longas, arrancou os olhos da jovem e jogou-os no mar. Sem se importar com a dor da moça, a bruxa tirou a capa negra da filha e viajaram de volta ao reino, abandonando a pobrezinha na estrada.

O rei esperava por Delgadina. O tapete real foi estendido para dar boas-vindas a ela. Bandeiras tremulavam nos mastros e um banquete de casamento fora preparado. Entretanto, quem saiu da carruagem e pisou no tapete real foi a filha da bruxa. O rei ficou atônito. Ele acreditava que a beleza era uma virtude do coração, uma qualidade visível; e a jovem que estava diante dele parecia não ter coração. Ele, no entanto, pensou que pudesse estar enganado e que a verdadeira natureza da moça se revelasse no momento em que as moedas de ouro pendessem de seus dedos.

– Eu preparei um grande banquete em sua honra. Talvez você queira lavar as mãos antes do casamento – sugeriu o monarca.

– Eu só lavo as mãos ao amanhecer – mentiu a moça.

O rei ficou atordoado. Naquela noite ele se casou com a filha da bruxa. Já pela manhã, não podia suportá-la. Ele a viu lavar as mãos e sacudi-las para secar. Alegrou-se quando percebeu que de seus dedos não caíram moedas de ouro:

– Agora eu sei que esta não é a minha verdadeira noiva e posso me ver livre dela – pensou.

Mas a filha da bruxa caminhou na direção do rei e disse:

– Quando me casei com você, perdi toda a minha magia... – disse, dissimulada.

O rei ficou desolado e sentiu-se atado.

E como estava a verdadeira Delgadina? Cega, vagando pela praia, foi encontrada por um pescador. Estava muito infeliz e não contou sua história para o velho homem que cuidou dela. Todas as manhãs e todas as noites, Delgadina caminhava pela praia e, ouvindo as ondas que iam e vinham sem cessar, cantava:

Onde está minha alegria?
Digam, ondas desse mar!
O que mais quero na vida
É voltar para o meu lar...

Até que, certa manhã, ela ouviu um grande tumulto nas ondas. Uma voz familiar a chamou:

– Delgadina, eu ouvi sua triste canção enquanto deslizava embaixo das ondas. O que aconteceu com você?

– Minha pequena cobra vermelha. Que bom ouvir sua voz!

E contou a ela sua história. A cobra suspirou e disse:

– Eu posso ajudar! Esfregue suas mãos nos meus olhos três vezes. Depois, cubra seus olhos. Então, erga as mãos lentamente e abra os olhos!

Quando Delgadina levantou as pálpebras, seus olhos e sua visão estavam restaurados. Ela seguiu as orientações da cobra, agradeceu ao pescador, lavou as mãos cem vezes e sacudiu os dedos, deixando para ele ouro suficiente para o restante de sua vida.

Então, ela subiu nas costas da cobra e, juntas, cruzaram o oceano até a casa da mãe. Ao vê-la, a mãe de Delgadina chorou de alegria, feliz por rever a filha. A cobra, por sua vez, voltou satisfeita para o oceano.

Ao ouvir os boatos de que a verdadeira Delgadina havia retornado, o rei bolou um plano para se livrar da esposa que havia lhe enganado. Ele convidou todo o reino para uma festa em honra dela. Pediu aos cozinheiros do castelo que preparassem os pratos mais gordurosos: pastéis de *choclo*[1], *empanadas*[2], *lomito*[3] com *palta*[4] e *cazuela*[5]. O rei também exigiu que se retirassem os guardanapos e as toalhas para secar as mãos. Desse modo, ele esperava encontrar a verdadeira Delgadina e banir a garota má de seu reino.

1. Milho, em português.

2. Pastel típico recheado e geralmente assado.

3. Sanduíche típico de carne.

4. Abacate, em português.

5. Cozido de legumes e carne servido em um recipiente de barro chamado *cazuela*, o que dá nome ao prato.

Os convidados chegaram. Delgadina e a mãe também. O banquete engordurado estava delicioso. Mas as pessoas tiveram que se lavar e, sem as toalhas, chacoalharam as mãos para secá-las. O rei ficou encantado quando viu moedas de ouro caírem dos dedos de uma jovem. Era Delgadina!

Quando a bruxa e a filha viram as moedas penderem dos dedos da moça, bateram em retirada, levando todo o ouro que podiam carregar na carruagem dourada.

Os criados e os soldados estavam tão ocupados comendo que nem sequer perceberam. O rei nem se importou. Estava tão feliz por vê-las partir que bateu os pés no chão três vezes: Tum! Tum! Tum! O som dessas batidas despertou a cobra vermelha que dormia nas águas do mar. A cobra viu a carruagem e cavou um túnel embaixo da estrada, seguindo a sua rota. Furiosamente ela se ergueu e partiu a carruagem em pedaços. E esse foi o fim da bruxa e de sua filha.

Delgadina, você já deve saber, casou-se com o rei e, juntos, governaram com doçura, justiça e sabedoria.

Um segredo: quando tinham alguma questão que não conseguiam resolver, o rei e a rainha batiam os pés na terra três vezes para chamar a cobra. Ela sempre trazia as mais improváveis e úteis soluções. Em sinal de respeito e gratidão, eles colocaram uma pequena coroa em sua cabeça. E, assim, todos foram muito felizes, como espero que sejamos também!

AS TRÊS IRMÃS

COLÔMBIA

Eram três irmãs formosas que viviam numa casa bem simples em um antigo povoado. Naquele tempo, os guardas reais faziam a ronda noturna e escutavam o que as pessoas falavam em suas casas. Quando passaram em frente à casa das irmãs, ouviram uma animada conversa:

– Eu gostaria de me casar com o padeiro do rei. Eu me fartaria comendo pães, tortas, bolos! – disse a mais velha.

– Pois eu escolheria o cozinheiro real – continuou a do meio. – Que maravilha saborear manjares, assados, suntuosos banquetes!

E a caçula arrematou:

– E eu me casaria com o próprio rei e não com um de seus serviçais!

– Mas que ousadia, quanta pretensão! – debocharam as mais velhas. E as três gargalharam, trocaram gracejos e coroaram a pequena com uma caçarola furada. Riram até as lágrimas.

Os guardas contaram tudo o que ouviram ao rei, que ficou muito interessado e quis conhecer as três irmãs. Elas foram imediatamente chamadas ao palácio.

Surpresas e maravilhadas, chegaram ao castelo. Sem cerimônia, o monarca foi diretamente ao assunto:

– Soube que a mais velha de vocês deseja se casar com o meu padeiro. É verdade?

– Bem, vossa majestade, foi só uma brincadeira – respondeu a moça, muito envergonhada.

– Se assim desejou, assim será. Casarás com o padeiro real! – ordenou o rei e prosseguiu:

– E a senhorita – disse dirigindo o olhar para a irmã do meio –, quer se casar com o meu cozinheiro?

– Falei sem pensar, vossa realeza! – disse, olhando para o chão.

– Se assim desejou, assim será. Casarás com o cozinheiro real! – sentenciou.

A caçula, mirando os olhos dele com altivez, ouviu:

– E, finalmente, a senhorita, de todas a mais bela, deseja se casar comigo?

– Esse é o meu desejo!

– Se assim desejou, assim será! Vamos nos casar!

E assim foi feito. As três irmãs se casaram e passaram a viver no palácio. As duas mais velhas viviam na ala dos serviçais, e a caçula tornou-se a rainha. Preciso dizer que as duas irmãs ficaram com muita inveja da caçula e que abominaram sua própria sorte: os maridos sempre cheirando a ovo, farinha e fritura...

A rainha engravidou e, no momento do parto, pediu a ajuda das duas irmãs. Tomadas de despeito, elas cometeram uma crueldade. A moça deu à luz um lindo menino. As malvadas colocaram a criança em uma caixa e lançaram-na nas águas de um rio que passava pelo jardim do palácio. No lugar do bebê, colocaram um cachorrinho e disseram à irmã que aquele era seu filho. A rainha e o rei se conformaram. Ele disse à esposa:

– Se o cachorro é nosso filho, está dito e feito, assim será!

E os dois cobriram de amor aquele cãozinho.

Naquele mesmo dia, o jardineiro do rei foi buscar água nas margens do riacho e encontrou uma caixa boiando nas águas. Levou a caixa para casa, e sua mulher pediu que ele a abrisse, pois pressentia que ela guardasse um tesouro. Ficaram muito felizes ao ver um lindo bebê. Como não tinham filhos, resolveram criá-lo como se fosse deles.

No ano seguinte, a rainha voltou a engravidar e, mais uma vez, exigiu a presença das irmãs para auxiliá-la no parto. Outro menino nasceu, e as perversas trancaram-no numa caixa que atiraram nas águas do rio. Em seu lugar, colocaram um gatinho e apresentaram-no à rainha como seu filho. Mais uma vez, o casal se resignou com a situação, e o rei declarou:

– Se o gato é nosso filho, está dito e feito, assim será!

E o gato recebeu todo o amor dos pais.

O jardineiro encontrou uma caixa boiando nas águas do rio naquele mesmo dia e, feliz da vida, abriu-a com sua mulher. Ao ver a linda criança, agradeceram aos céus por aquele milagre e adotaram o bebê.

Mais um ano passou, a rainha esperava o terceiro filho e, como das outras vezes, chamou as irmãs. Nasceu uma bela menina, que também foi fechada numa caixa e lançada no rio. Em seu lugar, as megeras puseram um pedaço de pau. E o que disseram os pais?

– Se esse pedaço de pau é nosso filho, está dito e feito, assim será!

Jamais existiu um pedaço de madeira tão bem tratado, lustrado e acarinhado quanto aquele. Nunca conheceu um cupim!

A caixa com a menina foi recolhida pelo jardineiro e, assim, ele e a esposa ganharam seu terceiro filho.

Muitos anos depois, quando passeavam pelo jardim real, as três irmãs conheceram três adoráveis jovens que eram os filhos do jardineiro. A mulher do jardineiro contou como encontrara as três crianças, que eram seu maior tesouro. No dia seguinte, a rainha voltou ao jardim e disse ao jardineiro:

– Este jardim é lindo, mas faltam aqui três coisas, com as quais ele seria um verdadeiro paraíso...

– E o que seriam essas coisas, majestade?

– O pássaro que fala, a árvore que baila e a água que canta.

O filho mais velho do jardineiro, que estava perto e ouvira as palavras da rainha, anunciou:

– Vou buscá-los!

O rapaz tomou o caminho da montanha, partindo naquele mesmo dia. Encontrou um velho ermitão que o aconselhou:

– Do outro lado dessa montanha encontrarás o que procura. O pássaro está numa gaiola pendurada nos galhos da árvore e a água está bem ao lado dela. Se o pássaro falar, deves pegá-lo, se a árvore bailar, deves cortar-lhe um galho, e se a água cantar, deves colocá-la em uma garrafa. Mas se permanecerem inertes, não deve tocá-los. Te aviso também que ouvirás muitos insultos ao longo do caminho. Não responda às ofensas, tampouco olhe para trás. Boa sorte!

O jovem caminhou e ouviu toda sorte de xingamentos, sem retrucar ou olhar para trás. Encontrou a árvore, o pássaro e a água imóveis. Mesmo assim, pegou o pássaro, cortou o galho da árvore e recolheu a água numa garrafa. Nesse momento, o jovem foi sentindo o corpo pesado, os movimentos lentos e caiu num sono de pedra.

Antes de sair de sua casa, o jovem enchera um copo com água e o colocara sobre a janela, avisando aos irmãos que o observassem. Se o copo ficasse com a metade de água e a outra metade de sangue, era sinal de que ele estaria em perigo e precisaria de ajuda. Os irmãos olharam para o copo e viram que tinha uma metade com água e a outra com sangue. O irmão do meio partiu imediatamente em socorro do mais velho.

Subiu a montanha, encontrou o ermitão e aconteceu com ele o mesmo que acontecera a seu irmão. Quando se tornou estátua, a metade de seu copo se transformou em sangue, e a irmã caçula sabia que era sua hora de partir.

Despediu-se dos pais e fez questão de levar consigo uma tesourinha, um pente e um óleo perfumado. Subindo a montanha, encontrou-se com o velho solitário. Ele aconselhou-a do mesmo modo que fizera com seus irmãos e ela, agradecida, cortou as unhas do pobre homem, desembaraçou seus cabelos e perfumou sua pele enrugada.

Quando ouviu as vozes ameaçadoras e os xingamentos, a jovem disse:
– Suas ameaças não me intimidam e suas palavras não me ofendem!

Ela caminhou até chegar diante da árvore que baila, do pássaro que fala e da água que canta. O pássaro deu-lhe boas-vindas, e a árvore sacudiu seus galhos e folhas, dançando ao som da melodia entoada pela água. A jovem pegou a gaiola com o pássaro, cortou uns galhos da árvore e encheu uma garrafa com a água. Em seguida, perguntou:
– Pássaro maravilhoso, onde estão meus irmãos?
– Mergulhe suas mãos na fonte de água. Nela encontrará duas bolas de cristal. Deves soprá-las e, assim, desencantar seus irmãos.

Então, na companhia dos irmãos, a jovem regressou ao jardim do palácio. Eles plantaram os galhos da árvore dançarina, que imediatamente criou raízes, cresceu e frutificou. Penduraram a gaiola do pássaro na árvore e cavaram uma poça onde despejaram a água da garrafa, formando um lago com águas límpidas e cantadeiras.

O rei e a rainha foram convidados a conhecer aquelas maravilhas do jardim. As cunhadas, muito curiosas, quiseram ver também. Numa ensolarada manhã de domingo, o cortejo real seguiu pelo jardim e parou diante da árvore que dançava, da água que cantava e do pássaro que falava. E ele falou:
– Majestade! Bom dia! Bom dia! Bom dia!

– Que ave magnífica! – admirou-se o rei.
E a água cantarolou:

Acho, riacho!
Que na corredeira
As águas levaram
Feito cachoeira
Segredo na caixa
Sou mexeriqueira
Crianças trocadas?
Eu falo besteira?

A árvore acompanhou a melodia agitando os galhos e deliciando a comitiva real, que balançava o esqueleto num ritmo hipnótico. As irmãs da rainha estavam aflitas. Eram as únicas que não sorriam. Transpiravam e mudavam de cor: amarelas, verdes, roxas, azuis e, finalmente, vermelhas com pintinhas pretas, feito morangos!

A rainha sorria encafifada, e o rei, coçando a barbicha, perguntou ao pássaro:

– Formosa ave, poderia esclarecer o mote da bela canção que acabamos de ouvir? Sobre o que sussurrava a água?

– Honrado rei, a verdade clara e cristalina é que seus filhos foram trocados. E aqui, diante de seus olhos, estão eles, criados como filhos do jardineiro!

As cunhadas invejosas, então, desmaiaram. Foram banidas para sempre do reino.

O rei e a rainha derramaram lágrimas de alegria. Abraçaram os filhos com amor e festejaram a reunião da família. Todos tiveram uma vida longa e feliz.

E assim nossa história chega ao fim
Mas talvez você queira saber
O que aconteceu afinal com
O cachorro, o gato e o pedaço de pau...

Como água corredeira, com fama de mexeriqueira
Posso assegurar que o cachorro continuou no palácio real
O gato rodou o mundo com as botas de sete léguas e foi visto
[com o marquês de Carabás
O pedaço de pau foi para a Itália e conheceu Gepeto, um
[velho e bom marceneiro
O quê? Mentirosa, eu? Eu não! Mas essa é outra história!

O PÁSSARO DOCE ENCANTO

COSTA RICA

Era uma vez um rei muito bondoso que tinha três filhos. Certo dia, o rei ficou completamente cego. Muitos médicos tentaram de tudo para devolver-lhe a visão, mas não conseguiram. Um dia apareceu no palácio uma velha curandeira; muitos a chamavam de bruxa. Ela era famosa por cuidar dos desenganados, de doenças misteriosas, casos impossíveis.

– Para curar a cegueira do rei, é preciso buscar o pássaro doce encanto. Ao passar a baba desse passarinho ao redor dos olhos do rei, ele voltará a enxergar. O pássaro vive hoje no reino de Quem Vai Não Volta, no palácio do rei Barbicha, onde outrora o rei que também ficara cego apoderou-se dele – disse a curandeira.

Os três filhos do rei dispuseram-se a fazer a jornada e trazer o pássaro doce encanto para o reino, devolvendo a luz aos olhos do pai. O rei prometeu que aquele que conseguisse tal feito seria seu sucessor.

O mais velho partiu pela manhã. Assim que saiu da cidade, viu um grupo de pessoas numa praça, reunidas em torno de um morto estendido no chão. Soube que o infeliz não tinha dinheiro para ser sepultado e nem se aproximou para ajudar. Ainda comentou:

– Ele morreu? Antes ele do que eu! – e seguiu adiante.

O filho do meio partiu ao meio-dia e chegou um pouco mais tarde àquele mesmo povoado. Quando soube do que se tratava, passou longe e comentou:

– Defunto molambento, estou fora! Vou tomar meu rumo, vou embora!

Quando a tarde caiu, o caçula seguiu viagem. Ao chegar àquela região, o tumulto era ainda maior. Além das pessoas, juntavam-se ao cadáver cães, moscas e urubus. Uma cena terrível! O príncipe se apiedou daquela alma e comprou o caixão, pagou as despesas fúnebres e não sossegou enquanto não viu o homem bem enterrado.

Anoiteceu, e o príncipe buscou refúgio num lugar tranquilo e despovoado. Recostou-se à sombra de uma árvore e adormeceu. De repente, uma luz aproximou-se do rapaz, bailando. Do tamanho de uma laranja, dela vinha uma voz fantasmagórica que o assombrou. Ele acordou num pulo e, todo arrepiado, perguntou:

– Que queres de mim, assombração?

– Não tenhas medo. Não vou te fazer mal. Vou levá-lo até o pássaro doce encanto. Sou a alma daquele homem que ajudaste a enterrar. Só tens que me seguir e só poderemos caminhar à noite. Durante o dia, descansa.

O jovem foi se acalmando e seguiu a luz pela noite escura. No dia seguinte, já não tinha mais medo. No outro, já ansiava pelo crepúsculo e, ao cabo de uma semana, já eram bons amigos.

Depois de muito andar, chegaram ao reino de Quem Vai Não Volta, onde vivia o pássaro. A luz o guiava e, à meia-noite, eles entraram no jardim do palácio do rei Barbicha. Todos dormiam: guardas, soldados, sentinelas. Chegaram a um salão amplo e iluminado. Todo o chão era coberto de pétalas de rosas rubras, e as paredes, de folhas verdes, repletas de roseiras perfumadas. Uma maravilha! E na parte mais alta do salão estava pendurada uma gaiola de ouro, adornada com pedras preciosas: rubis, esmeraldas, topázios, ametistas, safiras, jades, lápis-lazúlis. Dentro dela, o pássaro doce encanto, que pôs-se a cantar quando avistou o príncipe. Um canto tão belo quanto uma sinfonia, sublime, de enternecer o coração. O jovem ficou encantado, esquecido de tudo, incapaz de se mover. Poderia ficar ouvindo aquele canto para sempre.

A luz, no entanto, o despertou do transe:

– Acorda, homem! Esqueceste o que viemos fazer aqui? Depressa! Pega a gaiola com o pássaro. Trata de empilhar os móveis para chegar até lá!

E o rapaz arrumou os móveis, uns sobre os outros, numa escada improvisada – mesas, cadeiras, escrivaninhas, penteadeiras, bancos, criados-mudos, banquetas. Tudo o que via, ele amontoava. Quando estava no alto da torre, a menos de um braço da preciosa gaiola... uma peninha do pássaro voou e pousou numa gaveta aberta, que bamboleou, balançou, desequilibrou e... Bam! Tum! Pam! Despencou com estrondo, barulho e estardalhaço. Foi móvel para todos os lados. Por sorte, o jovem caiu sobre o piso de flores e não se feriu. Mas a barulheira despertou o rei Barbicha, que ficou furioso e ordenou aos guardas que o jogassem no calabouço. Lá, foi tratado a pão e água. A luz aconselhou-o a manter a calma. Quando foi chamado pelo rei, dois dias depois, o rapaz explicou que precisava do pássaro para curar a cegueira de seu pai, e o monarca impôs uma condição:

– Quero de volta meu cavalo roubado pelo terrível gigante! Quando trouxeres o cavalo, entrego-lhe o pássaro! – disse o rei, coçando a barba encardida e desgrenhada.

O jovem pediu para pensar um pouco e, depois de se aconselhar com a luz, aceitou a proposta. A luz guiou o jovem. Ele se escondeu atrás de uma árvore e viu o mais belo cavalo do mundo! Preto, com as patas brancas e uma estrela na testa. O gigante estava com ele. Assim que saíram, o jovem se encarapitou no alto da árvore e aguardou o retorno do animal. A luz instruiu-lhe a respeito do gigante que dormia de olhos abertos e ficava acordado de olhos fechados. Ele deveria esperar o gigante adormecer para tomar o cavalo.

Quando a noite caiu, o gigante e o cavalo retornaram. Ele amarrou o cavalo no tronco da árvore e deitou-se ao seu lado. O jovem observou que o gigante tinha os olhos fechados, portanto estava acordado. Logo depois, abriu um dos olhos, estava caindo no sono, e, finalmente, abriu os dois. Enfim, dormia! A luz também contou ao jovem que o cavalo tinha uma verruga na pata direita que, quando torcida, era surpreendente.

Àquela altura, o gigante dormia a sono solto, roncando de olhos estatelados. O jovem desamarrou o cavalo e partiu. Orientado pela luz, deu uma torcida na verruga e, para seu assombro, o cavalo criou asas e voou! Antes de chegar ao castelo do rei Barbicha, apertou mais uma vez a verruguinha para que ninguém conhecesse os poderes do animal.

Surpreso com o sucesso do rapaz, o ambicioso rei não se deu por satisfeito:

– Vejo que teve sorte, meu jovem! Mas, antes de conceder-lhe o maravilhoso pássaro, é preciso que realize uma última tarefa. O gigante mantém prisioneira minha filha, a princesa. Traga-a de volta e lhe darei o pássaro.

O jovem montou no cavalo alado e partiu ao anoitecer, seguindo as instruções da luminosa voz. Deixou o animal amarrado em uma árvore do bosque nas cercanias da morada do gigante e escalou as paredes da casa, aninhando-se na janela iluminada da cozinha. Ali pôde ver o gigante e a princesa ceando. O homenzarrão tomara muito vinho e dormia com a cabeça estendida na mesa. Para atrair a atenção da moça, jogou bolotinhas de terra na sua direção. Ansiosa por se ver livre daquele bruto, não hesitou em seguir o jovem, que lhe pareceu muito formoso. O rapaz também admirou a beleza da moça e caiu de amores por ela.

Chegaram ao palácio do rei Barbicha com tranquilidade, mas o desleal monarca recusou-se a dar o pássaro ao príncipe. Disse que daria qualquer coisa que ele pedisse, menos a ave. Desapontado, o jovem ouviu o conselho da luz e pediu ao rei permissão para dar três voltas no pátio real montado no cavalo, com a princesa na garupa e a gaiola com o pássaro em uma das mãos. Queria ter direito a uma despedida solene. O rei colocou seus guardas em todas as saídas do palácio e consentiu. O príncipe deu uma, duas voltas, e, na terceira, torceu a verruga do cavalo, que criou asas e voou levando-o de volta ao castelo de seu pai.

O rei Barbicha esbravejou, bateu os pés furioso, puxou os fios de sua barba, mas nada pôde fazer para impedir a fuga do jovem.

De volta ao castelo do pai, encontrou todos mergulhados em tristeza profunda. Os irmãos falharam em sua busca e consideravam-no morto. O pai, desesperançoso, amofinava-se na escuridão dos aposentos reais. O retorno do príncipe caçula trouxe vida nova ao lugar. O pássaro quebrou o silêncio com seu canto e sua baba fina e perfumada trouxe novamente a luz aos olhos do rei.

O jovem príncipe casou-se com a princesa. Ele sucedeu o pai reinando com sabedoria e justiça. Assim me contaram, assim vos contei! O que não sei invento, o que invento eu sei!

A HORTA DO MACACO TOMÁS

CUBA

Esta é a história do macaco Tomás, que tinha uma horta mimosa no seu quintal. Acontecia que, há algum tempo, alguém andava passando por lá todas as noites e roubava parte das hortaliças. O macaco já estava danado com isso e desconfiava de todos.

Disse ao bode José:

– Compadre José, por acaso você sabe quem é o malandro que anda me roubando?

– Eu não sei não, bé – respondeu.

Então, disse ao coelho Miguel:

– Estão me roubando todas as noites, eu não atino quem pode ser... Você saberia?

– Bem, por que você não fica vigiando até pegar o espertinho? – sugeriu o coelho.

Tomás aceitou a sugestão e começou a fazer plantão noite e dia, até que uma noite surpreendeu Rumualda, a tartaruga, surrupiando seus vegetais.

Disse a tartaruga Rumualda:

– Ai, compadre, juro a você que eu não estava roubando nada, estava só brincando, queria te dar um susto...

– Queria me assustar, é? A senhora dona Rumualda estava roubando a minha horta sim, e faz isso todas as noites! A senhora merece um bom castigo, e vai ser aqui e agora!

– Não é nada disso. Não o roubaria, nunquinha, juro, o compadre está enganado.

– Vou te dar um castigo porque a senhora é uma preguiçosa que não trabalha, e precisa de uma boa lição para aprender a nunca mais roubar nada de ninguém!

Então a tartaruga Rumualda disse:

– E o que pretende fazer comigo?

– Eu vou te atirar numa fogueira, sua mentirosa!

– O quê?! Atirar-me numa fogueira? Então tá bom! Você sabe que meu casco é muito duro e que se me atirar no fogo não vai acontecer nada comigo, né?

O macaco parou e pensou por um instante.

E a tartaruga Rumualda continuou:

– Só não pense em me jogar na água, senão eu me afogo. Eu imploro, não me jogue na água!

– Ah, é assim? Pois é lá mesmo que vou te jogar!

E splash! Rumualda caiu lá no fundo da lagoa... e subiu de volta cantando troça para o macaco:

Tuñaré serendé! Eh!
Onde está Rumualda?
Tuñaré serendé! Eh!
Onde está Rumualda?

A ORIGEM DO UNIVERSO

EL SALVADOR

Um planeta sozinho no espaço
Girava e no silêncio zumbia
Em dança de único passo
A Terra bailava, ninguém percebia

Pintado de preto-negro era o céu
O frio desalmado tudo gelava
A morte, um manto cruel
Nada andava, flutuava ou voava

O mar tão grande e solitário
Sem navios, sem conchas, vazio...
Era como peixe sozinho no aquário
Não via vale, montanha nem rio

Eis que um dia Teotl, deus poderoso
Gravetos de urucum esfregou
Com as mãos lançou mil faíscas
E o céu inteiro estrelado ficou

Mas só ficou satisfeito
Ao pegar uma bola de fogo
E com mágica de grande efeito
O Sol entrou nesse jogo

Com todo esse movimento
Deus Teopantli despertou
E encantado com aquele momento
Uma lágrima de emoção derrubou

A lágrima rodou qual pião
Até parar suspendida
Perto da terra, balão
Lua virou enfeite da vida

Porque estava pronta a façanha!
Tinha fera, réptil, ave e inseto
E o mar já abraçava a montanha
Tudo, enfim, perfeito, completo

MARIA ANGULA

EQUADOR

A o norte do Equador, o vulcão Cayambe dorme um sono profundo, coberto por uma manta de neve, e salpica de branco a paisagem andina. O rio Pisque brilha e serpenteia pelas encostas da montanha, sussurrando para as flores coloridas as narrativas de tempos remotos, memórias de suas águas escuras.

Contam que há muitos anos viveu na cidade de Cayambe uma menina chamada Maria Angula. Filha de um fazendeiro, perdeu a mãe muito cedo e cresceu rodeada pelos mimos do pai. O bom homem realizava todos os caprichos da filha sem medir esforços. Bastava ela desejar para ser atendida.

Maria não costurava, não tricotava nem bordava. Tampouco cozinhava, lavava, arrumava, limpava, passava. Não era moça prendada e considerava os afazeres domésticos uma chateação.

– Não tenho paciência para essa lenga-lenga – dizia. – Serviço de casa é uma monotonia sem fim. Gosto de olhar pro mundo e saber o que ele tem, quero movimento, novidade! Não sou tatu pra ficar enfurnada na toca! – repetia, escarnecendo das moças casadoiras. E cantava:

U-hu-hu! Eu é que não sou tatu!
U-hu-hu! Com essa cara de jacu...
U-hu-hu! Ficar enfurnada em casa
U-hu-hu! É programa de urubu!

Tinha predileção pelas intrigas. Deliciava-se com os fuxicos, alimentava-se com fofocas e saboreava maledicências.

– Linguaruda! – diziam os vizinhos.

Não se importava, fazia caretas, botava a língua para fora, desacatando quem a olhasse. Nada aplacava seu apetite pelo assunto alheio. A vida dos outros era saborosa para ela!

Aos 16 anos, Maria Angula descobriu os rapazes. Como eram bonitos! Queria um namorado e, por conseguinte, um marido. Era bonita, não lhe faltaram pretendentes, teve até uns namoricos, mas nenhuma proposta de casamento. Todos queriam uma moça prendada para esposa, que cuidasse bem da casa, preparasse boas refeições. E isso ela não era. A fama de alcoviteira também pesava, e muito.

Por sorte, um forasteiro de Esmeraldas, litoral do Equador, chegou a Cayambe e caiu de amores por Maria. Ele viu naqueles olhos os tons escuros do mar profundo e no brilho de seu sorriso raios de luar. Casaram-se em dois meses.

Após a grande festa e a viagem de núpcias, os problemas de Maria Angula começaram. O marido gostava de comer bem e ela mentiu dizendo a ele que era boa cozinheira. Ele saiu bem cedo para o trabalho e pediu que ela preparasse uma sopa de pão com miúdos para o jantar.

Na cozinha, foi um desastre! Maria derrubou a panela, chamuscou a mão tentando acender o fogo com carvão, jogou o sal na água na hora da fervura e misturou colorau, manteiga e leite para engrossar o caldo, que ficou grudado no fundo do caldeirão... Fuzarca total! Chorou no cantinho da cozinha, olhando, desolada, aquele cenário. Cantarolou para si mesma, acalantando o pesadelo:

Que furdúncio, enrascada, um buchicho aconteceu
Fazer sopa de miúdos, se alguém sabe não sou eu...
Tô assada, tô cozida, eu tô frita e ensopada
Como saio da fervura? De cozinha não sei nada!

Refeita, lembrou-se da vizinha. Dona Mercedes era uma cozinheira de mão-cheia, poderia ajudar! Bateu à porta e a outra abriu-lhe um sorriso.

– Bom dia, dona Mercedes! Por acaso a senhora sabe fazer sopa de pão com miúdos?

– Claro, Maria. Aprendi com minha mãe! Primeiro, coloca-se o pão de molho em uma xícara de leite, depois, deve-se despejar este pão no caldo e, antes que ferva, acrescentar os miúdos.

– Só isso?

– Só.

– Ah, mas isso eu já sabia! – disse Maria Angula, saindo sem agradecer, correndo para não esquecer nenhuma parte da receita.

No dia seguinte, satisfeito com a sopa, o marido pediu um prato que era a especialidade da sua mãe: *sango* de camarão com coco. E mais uma vez...

– Dona Mercedes! A senhora sabe como se faz *sango* de camarão com coco?

– Ah, essa delícia era a especialidade da minha tia que vivia em Esmeraldas! Você tem que separar 12 camarões graúdos, três bananas maduras, leite de coco e coco ralado. Mergulhe os camarões no leite e não esqueça de temperar com sal, pimenta e ervas. Coloque todos os ingredientes numa cumbuca de barro e leve ao forno por 15 minutos.

– Só isso?

– Só – respondeu a vizinha.

– Ah, mas isso eu já sabia!

E novamente saiu correndo sem agradecer.

Isso acontecia todas as manhãs. Mudavam as receitas: *tostada*[1] frita com feijão, doce de zambo, *cuy*[2] com batatas. Mas, no final, Maria sempre desdenhava:

– É só isso? Ah, mas isso eu já sabia!

Dona Mercedes perdeu a paciência e, furiosa, resolveu dar-lhe uma lição. Na manhã seguinte...

– Dona Mercedes! Muito bom dia! Meu marido quer jantar uma buchada.

– Mas isso é uma coisa simples! Ouça-me bem, Maria. Vá ao cemitério levando um facão bem afiado. Espere chegar o último defunto do dia, aquele que estiver mais fresquinho. Sem que ninguém veja, abra a sepultura, corte a barriga e retire as tripas e o estômago dele. Chegando em casa, lave tudo em água corrente, tempere com sal e cozinhe com cebolas por dez minutos. Acrescente amendoins e sirva. Uma delícia!

– Só isso? Ah, mas isso eu já sabia!

E lá se foi Maria Angula para o cemitério. Ficou bem escondidinha, aguardando a chegada do último

1. Tortilha bem crocante.

2. Porquinho-da-índia, em português.

defunto. Finda a cerimônia de sepultamento, ela se aproximou da tumba escolhida. Tirou a terra que cobria o caixão, abriu a tampa e deu de cara com o defunto!

Uuuuhhh!!! Sentiu um arrepio percorrer a espinha, teve vontade de fugir, mas manteve-se firme. Retida pelo medo, seus pés pareciam enterrados ali. Tremelicando e batendo os dentes, pegou o facão e rasgou a barriga do morto. Desesperada, arrancou as tripas e o estômago do cadáver e saiu correndo feito louca, sem olhar para trás, ouvindo a canção do vento:

Pernas pra que te quero
Corro do cemitério
Cruzes, que arrepio!
Medo e calafrio, uuuuhhh...

Com o coração aos pulos, chegou em casa. Trancou a porta, ouviu a própria respiração ofegante e deixou-se cair no chão da cozinha. Recuperada do susto, com o ritmo das batidas do peito de volta ao normal, preparou a macabra refeição.

O marido chegou e sentiu o aroma da comida. Estava faminto!, anunciou. Devorou tudo, lambendo os beiços.

Naquela mesma noite, enquanto Maria Angula dormia aninhada ao marido, gemidos apavorantes foram ouvidos. A moça acordou sobressaltada. As batidas do vento na janela eram capazes de fazer gelar o sangue que corria em suas veias.

Um zumbido infernal e misterioso tomou de assalto o quarto de Maria, que estava apavorada. Nesse instante, passos na escada, um rangido crescente aproximando-se, lenta e decididamente. Ela percebeu que o claudicante caminhar cessou na porta do seu quarto.

Por um longo e infinito segundo, o silêncio prevaleceu, e Maria pensou tocar a eternidade. Um arrepio...

Pelas frestas da porta a invasão de um brilho fosforescente, sobrenatural.

– Ahahahahahhaaa!!!! – ela gritou.

– Maria Angula, devolva as minhas tripas e o meu estômago que você roubou da minha santa sepultura! – uma voz sorumbática atravessou a porta do quarto.

Maria sentou-se na cama, tomada pelo terror, com os olhos esbugalhados, os pelos eriçados, a respiração ofegante, a boca seca e as mãos geladas.

A porta se abriu lentamente, revelando a reluzente e descarnada figura. A mulher, muda, viu que diante de si estava o defunto. Ele avançava, ostentando seu semblante rígido e o ventre esvaziado.

– Maria Angula, devolva as minhas tripas e o meu estômago que você roubou da minha santa sepultura!

Aterrorizada, meteu-se debaixo das cobertas e cerrou os olhos para espantar aquela assombração. Mas foi em vão... Mãos frias e ossudas puxaram suas pernas e a arrastaram, enquanto o morto vociferava:

– Maria Angula, devolva as minhas tripas e o meu estômago que você roubou da minha santa sepultura!

E foi assim que Maria Angula desapareceu. Quando o marido acordou na manhã seguinte, não encontrou mais a esposa, apesar de tê-la procurado em cada recanto da cidade: nas ruas, nas casas, nas curvas do rio Pisque, nos campos floridos, nas encostas da montanha e até na manta branca do vulcão Cayambe.

OS TRÊS SONHOS

GUATEMALA

Dois estudantes ladinos viajavam por uma estrada. Faltava muito para a chegada ao destino e cada um deles levava apenas cinco centavos no bolso. Por sorte, avistaram outro viajante, um rapaz indígena de origem maia, que também tinha cinco centavos consigo.

Reuniram as moedas e conseguiram comprar um *chuchito*[1]. Para decidir quem comeria a iguaria,

[1]. Prato típico guatemalteco elaborado com milho, tomate, pimentão e frango.

fizeram um trato. Dormiriam e, ao despertar, aquele que tivesse o sonho mais fabuloso ganharia o *chuchito*.

Na manhã seguinte, o primeiro estudante relatou:

– Tive um sonho belíssimo! Vi uma grande escada de ouro adornada com flores. Subi os degraus e cheguei a uma linda igreja repleta de imagens. Quando entrei na igreja, me tornei uma imagem!

O outro estudante contou:

– Pois eu sonhei com a escada de ouro, as flores, vi a igreja, as imagens, você entre elas e, quando olhei para o alto, vi anjos! E os anjos voaram na minha direção, me envolveram e levaram-me até o céu, onde tornei-me um anjo!

Suspirando com o esplendor do que compartilharam, os estudantes perguntaram ao indígena:

– E você, companheiro, o que sonhou?

– Sonhei com uma escada de ouro coberta de flores. No alto, uma igreja com belas imagens e, entre elas, estava você – disse, olhando para o primeiro estudante. – Olhei para o alto e vi os anjos no céu e você era um anjo também! – sorriu para o outro rapaz. – Me senti tão sozinho... – cobriu o rosto com as mãos e deixou a emoção embargar sua voz. – O que fazer agora que meus colegas partiram para sempre deste mundo? Chorei, desesperado. Então, ouvi uma voz distante me chamando: "Juanito! Aqui! Venha logo! Não te desesperes! Eles foram embora, mas não te esqueças de mim, o pobre *chuchito*! Estou aqui embaixo! Não me abandones! Sou tão suculento e saboroso... Venha! Venha!".

No mesmo instante, desci as escadas e comi o *chuchito*!

OS HOMENS E O TRABALHO

GUIANA FRANCESA

Eu não estava lá, mas me disseram que, há muito tempo, num certo país da América Latina, aconteceu uma conversa mais ou menos assim:

– Não é preciso que trabalhem. Cada um de vocês deve ter um machado fincado no chão e uma flecha presa numa árvore e terão carne e frutos suficientes para viver.

Era a fala de Káputa, divindade do povo cariña, que imediatamente foi questionado pelos homens:

– E pode alguém viver sem trabalhar? Como teremos alimento sem esforço? Como comeremos carne sem caçar um animal?

Então Káputa respondeu:

– Quer dizer que querem trabalhar? Pois trabalhem! Gastarão toda a sua energia e sua vida trabalhando dia e noite sem descanso.

Mas, ao ver os homens sofrendo e cansados, sentiu pena, refletiu um pouco e, então, mudou de opinião:

– Façam diferente: eu lhes dou o dia para trabalhar e deixo as noites para que descansem.

E a conversa terminou.

Parece que foi assim que o homem perdeu a chance de viver sem muito esforço.

O CÃO E O BODE

HAITI

Quer que eu conte um conto? Mas não venha reclamar depois...
Esta é a história de um cão e de um bode, dois grandes amigos que sempre andavam juntos por aí, muito felizes e contentes. A única coisa que os incomodava era ouvir dizer que nas redondezas moravam o diabo e a filha, a moça mais linda do mundo. É o que diziam.

Todos acreditavam que o diabo tinha uma grande coleção de couros, que começava pelo da formiga (couro de formiga?!) e da pulga (de pulga?!) e terminava pelo couro do maior animal do mundo.

Em um dia como qualquer outro, saíram os dois amigos para passear. Era o que mais gostavam de fazer. Só que, ops!, naquele dia toparam com a tal..., a filha desse mesmo que você está pensando, vendendo peças da coleção de seu pai. Assim que o cão e o bode se aproximaram, a moça começou a cantar uma canção que dizia assim:

Eh! Combié guaité miló
Doná patica ná!
Candové cesa doná...

E me contaram que isso quer dizer o seguinte:

Eh! Quem paga um milhão?
O diabo não paga, não!
Quando o diabo chegar...

Os amigos começaram a cantar e dançar, animados pela canção da moça, quando, subitamente, o diabo, ele mesmo!, apareceu. Deram-se conta, então, de que era uma armadilha e que o couro deles é que ia fazer parte da coleção, caso não saíssem logo dali!
Eles se mandaram, correndo em disparada, e o diabo atrás deles. Chegaram a um passo do rio (você sabia que bode tem medo de água?), e o cachorro viu seu amigo em apuros, enquanto o diabo se aproximava cada vez mais. Então, ele teve uma ideia: começou a cavar até que conseguiu abrir um buraco onde enterrou o bode bem enterradinho, deixando apenas seus dois chifres para fora.
O cão, para irritar o diabo, voltou e fez pirraça:
– *Cesa doná!*
Querendo dizer:
– Diabo fedido, vem me pegar!
E pulou no rio, atravessando-o rapidamente. Do outro lado se pôs a

latir em crioulo, idioma que gente e bicho falam lá no lugar onde se passou essa história:

– *Jau, jau, jau, jau!*

O diabo ficou furioso e começou a procurar uma pedra na beira do rio para atirar no cachorro (você sabia que cachorro tem medo de pedra?). Procura de lá, procura de cá, à direita e à esquerda. Numa dessas manobras, agarrou um dos chifres e arremessou o bode para o outro lado do rio, num voo que o fez cair direitinho e a salvo bem ao lado de seu amigo cão.

Então, os dois começaram a dançar e a cantar assim:

Há, há, há! Acreditando que era pedra, o diabo atravessou o bode!
Há, há, há! Acreditando que era pedra, o diabo atravessou o bode!

Doido da vida, o diabo se atirou na água, mas não sabia nadar. O rio o levou. Até hoje o diabo anda desaparecido. E ele só reaparecerá quando você ler esta história outra vez.

Quer que eu conte novamente? Mas nada de reclamar depois!

A COIOTE TEODORA

HONDURAS

Era uma vez uma jovem chamada Teodora. Olhos atentos, cabelos fartos, corpo forte e movimentos ágeis. No sorriso, caninos brancos, reluzentes. Uma bela mulher!

Força e beleza
Que atrai e apavora
Encanto e assombro
Bela Teodora!

Coragem e ternura
Quem não se enamora?
Mulher sem igual
Bela Teodora!

Não lhe faltavam pretendentes, mas a jovem apaixonou-se por um homem simples e bom que cultivava a terra. Casaram-se e tiveram um filho. Eram pobres, mas muito felizes. Juntos aravam, semeavam, plantavam e colhiam. Teodora gostava de remexer a terra, vagar pelos campos, descansar à sombra das árvores, banhar-se nas águas dos rios.

Nas manhãs de domingo:

– Teodora, vamos à missa!

– Vá sozinho, se quiser pode levar nosso filho, não me importo!

– Seria bom dedicar umas horas de seu dia às orações.

– Faço minhas preces na natureza, querido, não se preocupe comigo.

A missa dominical era a única diferença entre eles, no restante estavam sempre de acordo.

Certa vez, tiveram uma colheita magra, e o dinheiro, que já era pouco, ficou ainda mais escasso. Mesmo assim, na hora das refeições, a mesa continuava farta: aves, carnes, assados. O homem não entendia aquilo e questionava a esposa:

– Mulher, como é possível ter tanta comida se estamos sem dinheiro? O que está acontecendo?

– Trate de desfrutar o que a natureza nos oferece, homem. Deixe de pensar bobagens, o que poderia estar acontecendo?

Mas o marido continuava intrigado, cada vez mais cismado, encafifado. Não podendo mais lidar com sua curiosidade, resolveu seguir Teodora. No cair da tarde do dia seguinte, embrenhou-se silencioso na mata, aguardando a passagem da esposa. Escondido atrás de uma árvore, viu Teodora correndo até uma clareira. Com os olhos grudados na mulher, observou seus movimentos. Ela soltou os cabelos, balançou a cabeça e pulou três vezes, uivando feito louca. Deu três passos para a direita e completou três voltas em torno de si mesma. Repetiu os três passos e as três voltas para a esquerda entoando:

Uuuuuh!!! Uuuuuh!! Uuuuuh!!

Noite escura
De manto estrelado
Mostre quem sou
E o que tenho ocultado

Uuuuuh!! Uuuuuuh!! Uuuuuh!!

Coiote, meu guia!
Na escura jornada
Que eu tenha fartura
Na minha caçada

Uuuuuh!! Uuuuuh!! Uuuuuh!!

E, repetindo a toada, Teodora foi perdendo a forma humana. A pele cobriu-se de pelos, abanou sua longa cauda, ergueu-se nas quatro patas e farejou a mata. Agora estava transformada num coiote. O marido segurou um grito de horror e sentiu o coração chacoalhando no peito. Assim que o animal afastou-se para caçar, ele mergulhou nas águas frias do riacho que cortava a região. Tinha os olhos estatelados, fixos na cena que testemunhara. Não conseguia apagar a imagem do coiote.

Ensopado, correu até a igrejinha do povoado e aconselhou-se com o padre, que lhe instruiu a jogar água-benta na esposa no momento da transformação, livrando-a para sempre do que imaginava ser um feitiço. Deveria aguardar o momento em que ela deixasse de ser coiote e voltasse a ser humana. Dessa forma, garantia o pároco, não retornaria à forma bestial.

Determinado a acabar com aquele pesadelo, agarrou-se ao restinho de coragem que nem sabia que havia dentro de si e voltou à mata, perto da clareira. Sussurrava para si mesmo:

Xô, assombração!
Deixe a minha mulher!
Fora, coiote! Besta que me apavora!
Quero de volta minha doce Teodora!
Em nome de Deus-Pai, Jesus e Nossa Senhora!

Prendeu a respiração ao ver o retorno do coiote uivando, saltando e dando voltas. Era Teodora, sem dúvida!

Tremendo e suando frio, abriu o vidrinho com a água-benta. Quando viu o rosto da esposa revelar-se no meio do poeirão, precipitou-se e derramou todo o líquido sobre ela, interrompendo o processo de transformação. Teodora permaneceu, para sempre, com a cabeça de mulher num corpo de coiote.

Dizem que, nas noites escuras, os lamentos da coiote Teodora podem ser ouvidos. Ela uiva de dor e saudades, afastada para sempre do filho e do marido.

A CHORONA

MÉXICO

Num pequeno povoado vivia Maria, uma jovem muito formosa. Todos diziam que não havia uma moça tão bela quanto ela em todo o mundo. Convencida de seus encantos, Maria julgava-se superior a todos e, na época de namorar e casar, desprezou todos os pretendentes, dizendo que ninguém estava à sua altura naquelas cercanias.

Certa vez, passeando pela região de braços dados com a avó, disse:

– Vovó, quero me casar com o homem mais bonito do mundo! Ele terá os cabelos negros e brilhantes como as penas do corvo que está sentado nos galhos daquela árvore. E, quando se mover, vai mostrar a força e a graça do cavalo que meu avô tem em seu curral.

— Maria! — suspirou a avó. — Por que se preocupar com a aparência de seu futuro marido? É preciso saber se o moço tem um bom coração. A beleza não importa, minha filha.

— Vovó! Estás mesmo muito velhinha. Suas ideias são tão antiquadas... Não sabes de nada!

Um dia, chegou ao povoado um vaqueiro chamado Gregório. Seus cabelos eram negros e brilhantes, era forte e gracioso, capaz de domar qualquer cavalo. Tinha uma bela voz, cantava e tocava violão. Bonito como poucos, atraiu a atenção de todas as moças. Maria decidiu que se casaria com ele.

Enquanto todas as jovens derretiam-se por Gregório, Maria dissimulava suas intenções e o desprezava. Desviava o olhar quando ele passava, não o cumprimentava de volta se ele a saudasse e não abria a janela nas noites de serenata.

Em pouco tempo, Gregório também se decidiu:

— Quero me casar com Maria. Ela é orgulhosa, mas vou domar seu coração!

Os pais da moça não concordavam com a união:

— Minha filha, este jovem não será um bom marido para você. Está acostumado às conquistas e à vida bárbara. Não se case com ele!

Maria não deu ouvidos aos pais e se casou com Gregório. Viveram bem por alguns anos e tiveram dois filhos, um menino e uma menina.

Tempos depois, Gregório voltou à sua maneira de ser. Passava meses fora de casa e, quando voltava, era ríspido:

— Não vim para te ver! Quero passar um tempo com meus filhos!

Brincava com os filhos e, em seguida, saía com os amigos para jogar baralho e tomar vinho noite adentro. Passado algum tempo, resolveu abandonar Maria definitivamente e envolveu-se com uma mulher muito rica.

Foi então que Maria ficou corroída pelo orgulho e passou a ter ciúme dos próprios filhos, pois Gregório a desprezava e só tinha interesse pelas crianças.

Numa tarde, ela estava com as crianças e viu Gregório na companhia da mulher. Ele saudou os filhos e ignorou Maria. Ela ficou tão transtornada que segurou firme as mãos dos pequenos e caminhou com eles na direção do rio. Tomada de fúria, inveja e desamor, jogou as crianças na água!

Quando os viu desaparecer na correnteza, deu-se conta do que fizera. Desesperada, correu de um lado para o outro, acenando com os braços abertos, gritando e chorando feito louca, incapaz de resgatá-los. Continuou correndo nas margens do rio, tentando acompanhar a velocidade da correnteza, e seus pés se enroscaram na raiz de uma árvore. Maria tropeçou, caiu, bateu a cabeça numa pedra e morreu.

No dia seguinte, os pais procuraram Maria por todo o povoado. Logo receberam a notícia de um corpo estendido na margem do rio. Eles a encontraram, mas por causa do que fizera a seus filhos, Maria não pôde ser enterrada em solo sagrado. Por isso, foi sepultada na margem do rio.

Mesmo morta e sepultada, Maria não encontrou a paz. Naquela mesma noite, ela se levantou e caminhou pela margem do rio, passando por entre as árvores, vestida em seu camisolão branco, lamentando:

– Ah, meus filhos! Onde estão meus filhos? Ai, meus filhos...

Noite após noite, as pessoas a viam caminhando rio acima e rio abaixo, sempre entoando sua ladainha, chamando e chorando pelos filhos. Em pouco tempo ninguém a chamava mais de Maria. Deram a ela o nome de A Chorona.

E, para lembrar às crianças os perigos de brincar nos rios ao anoitecer, cantamos na toada do sapo-cururu:

Quando escurecer, na beira do rio
Volte para casa depressa
Ouça o que eu te digo

É que a Chorona
No seu sofrimento
Pensa que a criança é seu filho
E o leva rio adentro
Pensa que a criança é sua filha
E a leva rio adentro

MÃE ESCORPIÃO

NICARÁGUA

Nakili dançou o quanto pôde em homenagem à esposa que morrera. Ele estava atravessado pela dor e pela saudade de Kati. Voltou à tumba e encontrou-se com a alma de sua amada, chamada de *isiñni* pelo povo misquito. A alma de Kati tinha apenas dois palmos de altura e contou que iniciaria sua jornada com destino ao Mundo da Mãe Escorpião.

O índio manifestou sua vontade de ir junto, não queria permanecer sem ela, mas a alma explicou que seria impossível a um vivo entrar no mundo dos mortos e ali ser feliz. Nakili disse que não desistiria e a seguiu, caminhando por uma trilha muito estreita e que jamais havia notado existir ali.

No final da trilha, uma estupenda revoada de mariposas negras amedrontaram a esposa. Com destemor, Nakili as espantou e a alma concordou que seguissem juntos dali em diante.

Avistaram uma ponte da largura de um fio de cabelo esticada sobre um desfiladeiro e lá embaixo um rio de águas ferventes e milhares de pássaros *sikla*[1]. Um demônio desdentado vigiava a ponte à espera do poente, momento em que poderia jogar os viajantes no rio. Leve e pequena, a alma atravessou a ponte sem a menor dificuldade. Nakili, por sua vez, saltou sobre o desfiladeiro.

Antes do poente, chegaram a um rio imenso apinhado de peixinhos saltitantes que a alma medrosa pensou ser tubarões. Nakili a tranquilizou mais uma vez. Na margem do rio, uma canoa conduzida por uma rã a esperava. Puderam reparar a Mãe Escorpião na margem oposta, rodeada de pessoas que pareciam todas muito felizes, cantando e dançando pela chegada de Kati.

– Estes peixes observam as canoas em que navegam almas que não tiveram uma vida honrada e as comem – explicou a rã. – Hummm, mas sinto cheiro de gente viva...

Nakili mais uma vez deu mostra de sua coragem e nadou escondido ao lado da canoa durante a travessia. Todos chegaram sãos e salvos aos domínios da Mãe Escorpião.

1. Pequena garça que se alimenta de insetos.

Era uma mulher muito alta e gorda, tinha seios imensos e amamentava, como se fossem bebês, todos os habitantes daquele lugar. Ao ver Nakili, não escondeu sua insatisfação e ordenou que ele regressasse ao mundo dos vivos.

Nakili implorou para morar ali, contou dos perigos pelos quais passara, dos obstáculos que vencera e da coragem que demonstrara ao longo do caminho pelo amor sem fim que sentia pela esposa. Não suportaria viver sem ela.

As palavras de Nakili dissiparam a contrariedade da Mãe Escorpião, que disse então:

– Fique se quiser, mas você jamais será como os demais. Esta terra é um paraíso para os espíritos, já para você será sempre feia e solitária.

Naquele lugar não era preciso trabalhar, havia fartura de comida e bebida, de paz e alegria para os espíritos. Kati mostrava as maravilhosas bananeiras, os cocos maduros, apontava os pássaros mais lindos que cantavam sem parar.

Entretanto, Nakili enxergava apenas esqueletos de árvores mortas havia séculos e, em vez do canto, a voz dos pássaros era um ruído áspero, como se fosse a respiração de um moribundo. Entendeu que, apesar de caminhar com sua querida Kati, não poderia compartilhar de sua felicidade e, por isso, não via mais sentido em permanecer ali.

Perguntou à Kati:

– Você sabe se há alguma maneira de eu regressar?

Kati, compreensiva, sugeriu que fossem conversar com a Mãe Escorpião.

Mãe Escorpião já esperava por aquilo, e Nakili foi autorizado a voltar, mas foi advertido de que só depois que morresse poderia ver sua esposa novamente.

Despediu-se e entrou num tronco de bambu gigante, que foi colocado nas águas do rio. Logo Nakili percebeu que navegava as marolas do alto-mar e, por fim, uma grande onda o deixou na praia, bem em frente da cabana onde morava.

Anos depois, Nakili foi picado por uma serpente. Não sentiu dor, mas ouviu a voz da Mãe Escorpião chamando seu nome e os espíritos que cantavam e dançavam. Kati o esperava.

TAMBOR DE PIOLHO

PANAMÁ

Era uma vez uma linda princesa que tinha os cabelos muito longos e encaracolados.
Todos os dias, a ama penteava suas madeixas ao sol e admirava o brilho e a maciez daqueles longos fios. Certa manhã, a criada quase desmaiou de susto ao encontrar, na cabeleira real, um infame piolho. Que ousadia! Passear com aquelas patas imundas na cabecinha da princesa! E, pensando assim, ajeitou o inseto para esmagá-lo entre as unhas, quando a princesa ordenou:

– Não mate o piolho! Quero conhecer essa pobre criatura.

A jovem, que nunca vira um piolho na vida, ficou encantada.

– Que fofo! Viram como ele piscou para mim?

Resolveu criá-lo. O tempo passou, o danado cresceu, cresceu e cresceu. Para surpresa geral, até engordou! Ocupava uma caixa de sapatos! Chegou a ter o tamanho de um gato. Viveu por alguns anos e morreu de velho.

A princesa ficou triste com a morte do amigo. Para homenagear o fiel companheiro da filha, o rei sugeriu que fizessem um tambor com o couro do animal. A jovem aprovou a ideia do pai e tornou-se uma percussionista virtuosíssima, conhecida naquele e em outros reinos. O som do tambor da princesa era ouvido por léguas.

Tum-tim-tum
Tum-tim-tum
Tum-tim-tão
Bate o meu coração
Na batida
Do tambor
Pulsa a vida
Em forma de canção
Tum-tim-tum
Tum-tim-tum
Tum-tim-tão
Bate o meu coração

A afinidade da jovem com o instrumento era tamanha que, em pouco tempo, todos a chamavam de Princesa do Tambor!

Quando ela chegou à idade de se casar, o rei sugeriu um desafio. O rapaz que fosse capaz de adivinhar do que era feito o tambor, teria concedida a mão da jovem em casamento. Naquele tempo, a princesa passou a sonhar todas as noites com um belo príncipe montado num cavalo azul. Muitos

pretendentes vinham visitá-la. A princesa buscava entre eles o jovem do sonho. Os rapazes ouviam o soar do tambor e arriscavam:
– Couro de bode!
– Não!
– De cobra!
– Não!
– De peixe!
– Não!
– De águia!
– Não!
– Couro de macaco!
– Não!
– Coiote!
– Não!
– Boto!
– Não!
– Couro de sapo!
– Não!
– Capivara!
– Não!
– Puma!
– Não!
– Couro de morcego!
– Não!
– Caititu!
– Não!
– Gato-maracajá!
– Não!

A lista de palpites furados parecia não ter fim. E o casamento da princesa, cada vez mais improvável e distante, feito o sonho com o príncipe em seu cavalo azul...

Numa noite enluarada, o sonho da princesa foi tão vívido que ela despertou sentindo a presença do jovem. Foi até a varanda e, pressentindo a passagem do esperado príncipe no cavalo azul, gritou:

– Venha adivinhar do que é feito o meu tambor! Ele é forrado de couro de piolho, couro de piolho, couro de pioooooolho!!!!

Um velho fedido e molambento que dormia encolhido embaixo da varanda da princesa ouviu tudo, tim-tim por tim-tim... Abriu um sorriso banguela e, saracoteando feliz, disse para si mesmo:

– Velho danado! Velho sortudo! Chegou o seu dia, bonitão!

Assim que o dia raiou, o velho aprumou os trapos, lavou o rosto enrugado nas águas frias do rio e seguiu até o palácio. Apresentou-se como pretendente à mão da princesa. Queria arriscar a sorte, adivinhar do que era feito o tambor.

Quando o rei viu aquele velho homem todo esfarrapado diante de si, o alertou:

– Tem certeza de que quer tentar? Se falhar, mandarei cortar a sua cabeça!

– Eu aceito o desafio, majestade! Minha cabeça já não vale muita coisa mesmo...

– Então, homem, diga-me de uma vez, do que é feito o tambor de minha filha?

– Este tambor é forrado com couro de... piolho!

A desolação foi total, afinal o velho acertara na mosca!

Como a palavra de um rei não pode voltar atrás, a promessa se cumpriu e a princesa teve que se casar com aquele velho repugnante! A tristeza tomou conta do reino, a moça chorava copiosamente e tirava do tambor notas fúnebres:

Infeliz, infeliz, infeliz
Bate o meu coração
Triste sina
Aflição
Não suporto essa provação...

No dia seguinte ao casamento, a princesa convidou o marido para passear com ela e tomar banho no rio. Era um rio de águas claras, com uma belíssima cachoeira. Depois do banho, o homem adormeceu na margem, bem perto da queda-d'água. A princesa não perdeu tempo e o jogou corredeira abaixo. O velho quebrou o pescoço e morreu, e ela resolveu fugir para um lugar distante, onde ninguém a conhecesse.

Chegou a um reino onde vivia um belo príncipe que tinha, veja só, um cavalo azul. Era o príncipe de seus sonhos! Foi contratada para trabalhar na cozinha do palácio.

Certo dia, o príncipe a viu e ficou encantado. Disse para si mesmo que a nova cozinheira tinha ares de princesa e não de uma serviçal.

Infelizmente, o príncipe estava prometido a uma princesa de outro reino e haveria uma grande festa no palácio naquela noite para selar o compromisso. Mas, naquela tarde, a moça vestiu o seu melhor traje e foi passear pelos jardins do palácio. Quando passou diante do príncipe, ele falou:

– Tu és a princesa que vejo nos meus sonhos, a dona do meu coração.

– Você também visita os meus sonhos...

– Então, tu não és cozinheira! És minha princesa adorada! É contigo que me caso.

Imediatamente conduziu a jovem ao palácio e firmou um novo compromisso diante do reino. Todos os reis das redondezas foram convidados para a celebração do casamento. Os pais da princesa compareceram, e o tambor da filha se fez ouvir por todos os cantos. E foram todos muito felizes.

Tum-tum-tim
Tum-tum-tim
Tum-tum-tim
A história acaba assim
Que o toque do tambor
Seja ouvido pelo coração
Tum-tim-tão
Tum-tim-tão
Vida longa à imaginação
Tum-tum-tum
Tum-tum-tum
Tum-tum-tum-tum-tum-tum-tum e tchau!

OS MACAQUINHOS DE TUPÃ

PARAGUAI

Um dia, muito cedo, numa aldeia guarani, todos haviam saído para caçar. Pensava um ancião, sozinho numa oca, depois de algumas horas:
– Onde estão todos? Como demoram a voltar...

Sentindo fome, o velho índio decidiu sair em busca de algo que pudesse comer. Andando com dificuldade, chegou aos pés de um araçazeiro carregado de frutos maduros. Procurou por araçás no chão, mas não encontrou nenhum, pois meninos encarapitados na árvore haviam comido também todas as frutas caídas.

O velho, então, acenou para eles e pediu que lhe dessem alguns frutos.
– Quer comer, velho? Então venha buscar, suba na árvore você também!
E riam e se divertiam nessa chacota.
– Mas como vou subir? Com muito esforço caminhei até aqui, estou sem forças e cansado... joguem uns araçás para mim...

Os moleques se negaram a atender ao pedido, não socorreram o velho faminto e zombavam dele imitando seus gestos lentos e suas palavras fracas.

Estavam nisso quando, repentinamente, o sol sumiu, o céu escureceu, um raio cortou-o e, num estrondo, um trovão esbravejou:

– Ouçam bem, todos vocês que estão trepados no pé de araçá a escarnecer de um ancião! Eu os transformo agora em macacos, para que permaneçam para sempre sobre árvores em busca de alimento. E ainda tiro de vocês a capacidade de falar, como castigo por a terem utilizado para troçar de um velho.

Era Tupã, que, com seu sopro divinal, acabara de povoar a selva paraguaia com pequenos macacos. Não há hoje quem veja esse bicho sem sorrir e exclamar:

– Ah, como são engraçadinhos esses macaquinhos!

O CABO MONTAÑEZ

PERU

Esta história aconteceu quando o Peru queria se tornar independente da Espanha. Havia uma base militar espanhola em território peruano, num momento de negociações políticas em que não havia batalhas. Um dos soldados se tornou uma lenda entre seus colegas, o cabo Montañez.

Montañez era um jovem impetuoso, corajoso e muito inteligente, chegando a ser até indisciplinado. E isso há tempos incomodava Centellas, o capitão de seu regimento.

Um dia, o capitão Centellas deu uma ordem ao cabo:

– Entregue esta carta ao general Aquiles, em Lima, e espere pela resposta. Seja rápido e não se distraia pelo caminho.

– Sim, senhor, capitão! – disse Montañez, prestando continência.

O general Aquiles tinha fama de durão, era mal-humorado e muito severo com seus subordinados.

Em pouco tempo, Montañez chegou a Lima e, diante do general, disse solenemente:

– General, tenho aqui uma carta de meu capitão, que me ordenou esperar por sua resposta.

O general abriu a carta, que dizia o seguinte:

Caro Aquiles,
Tem esta o objetivo de apresentar o cabo Montañez, um excelente soldado. Seu único defeito é gostar de fazer apostas, e como sempre ganha, todos já estão incomodados com ele por aqui. Peço que o mantenha no seu grupamento, pois sob seu comando acredito que possa se corrigir.
Seu leal amigo, Centellas.

Medindo o soldado de cima a baixo, depois de dobrar e guardar a carta, o general disse sem nenhuma simpatia:

– A partir de agora você ficará sob as minhas ordens e, se não se comportar bem, será fuzilado.

– Sim, senhor, general!

O cabo começou a trabalhar no regimento do general, disposto a prestar um bom serviço, mas sem deixar o hábito de apostar para ganhar sempre o máximo que pudesse. Mudar de cidade não o fez mudar de caráter ou perder sua ambição.

Uma noite, o general chamou Montañez em particular e lhe disse:

– É, Montañez, você não se corrige mesmo. Acabo de receber um relatório informando que você continua fazendo apostas e, como sabe muito bem, isso não é permitido pelas regras do exército. Aposte comigo agora se tem coragem, duvido que seja capaz de se arriscar com um general.

– Às suas ordens, meu general.
– Faça você a aposta, cabo.
– Se o senhor assim deseja, meu general.

E se arriscou assim:

– Aposto cinco moedas de ouro que o senhor tem a cabeça coberta de verrugas, dezenas de verrugas grandes, feias e nojentas.
– Verrugas na cabeça, você está louco?! Como se atreve a dizer tal absurdo? Pois eu aposto dez moedas de ouro que não tenho.
– Apostado, general, vamos ver.

E como o general não tinha realmente nenhuma verruga sequer, o cabo teve que pagar as dez moedas ao general, com aparente ar de resignação.

Passados alguns dias, chega ao capitão Centellas a seguinte carta:

Caro Centellas,
Seu cabo é um tolo, sem dúvida. Acredita que apostou que eu tinha a cabeça coberta de verrugas grandes e feias? Naturalmente, tirei minha peruca e mostrei minha careca lisinha e brilhante e tomei dele dez moedas de ouro, o equivalente ao seu salário do mês inteiro. Seguramente agora ele aprendeu a lição.
Saudações do amigo Aquiles.

Ao ler a carta, Centellas soltou um grito de raiva e respondeu:

Prezado Aquiles,
Então você acredita mesmo que Montañez é um tolo? Pois não é. Antes de viajar para Lima, eu apostei com ele que você jamais tiraria a sua peruca para mostrar a sua careca para ninguém, e ele apostou comigo o contrário. Você ganhou suas dez moedas, mas eu perdi vinte, ou seja, acabo de perder o meu salário do mês inteiro!
Centellas.

Dizem que Montañez vivia repetindo um provérbio espanhol, popular até hoje na América Latina: "Quem não se arrisca, não cruza o mar".

TIA MISÉRIA

PORTO RICO

No tempo de não se sabe quando, vivia numa casinha muito simples numa velha senhora bem pobre, a quem todos chamavam Tia Miséria. Entretanto, havia um período do ano em que Tia Miséria não era tão pobre assim, pois possuía algo muito precioso: uma magnífica goiabeira no quintal! Fora plantada por ela mesma havia muitos anos. A cada verão, a árvore produzia frutas muito doces e saborosas. Tia Miséria as vendia e podia, então, por algum tempo, viver sem pedir esmolas.

Certa tarde, quando as goiabas começaram a amadurecer, um garoto bateu à porta de Tia Miséria dizendo que seu pai o mandara ali com o pedido de que ela lhe entregasse, ainda naquele dia, uma cesta cheia das famosas frutas. A mulher garantiu que as levaria e presenteou o garoto com uma goiaba bem bonita. Ele saiu com a fruta perfumada nas mãos e rapidamente foi encontrar-se com outros moleques que o esperavam, escondidos, no final da rua.

Tia Miséria começou a providenciar a encomenda. Com dificuldade, pegou primeiro as goiabas que estavam nos galhos mais baixos; em seguida, com uma vara, derrubou as que não alcançava e as recolhia do chão de tal modo que, depois de algum tempo e com bastante esforço, conseguiu encher a cesta. Encaixando a cesta na cintura se pôs a caminho, em passos lentos, para fazer a entrega acertada.

Mas tão logo Tia Miséria se afastou, o garoto e seus cupinchas invadiram o quintal, subiram na árvore e colheram todas as frutas, não deixando umazinha sequer.

Ao retornar e ver aquilo, Tia Miséria chorou de raiva e de tristeza. Foi deitar-se, desconsolada.

No dia seguinte, uma terrível tempestade caiu logo cedo e, com ela, chegou ao casebre da mulher um estranho. Suas roupas estavam sujas e encharcadas, ele estava com muita fome, sede e cansaço. Sem que pedisse nada, Tia Miséria se compadeceu, deu ao homem abrigo e água e dividiu a pouca comida que tinha. Preparou uma sopa com algumas batatas, cebolas, um naco de carne e a serviu com pedaços de pão duro. Ao terminarem a refeição, o homem revelou que, apesar de sua aparência de mendigo, na verdade ele era um anjo que andava pela Terra com a incumbência de identificar pessoas de alma bondosa. Concedeu à Tia Miséria o atendimento de um pedido, mas a velha contou que já tinha vivido mais de noventa anos, sempre com muito pouco e que se acostumara a isso. Portanto, de nada precisava.

Contudo, lembrando-se dos acontecimentos do dia anterior, pediu ao anjo que encantasse a árvore. Qualquer pessoa que nela subisse só desceria após o consentimento de Tia Miséria. E seu desejo foi atendido.

No verão seguinte, outro moleque foi à casa de Tia Miséria dizendo que o açougueiro a chamava para pegar um pedaço de carne que queria lhe dar. Ela foi, sem qualquer preocupação. Àquele tempo a goiabeira já se encontrava repleta de frutos quase prontos para ser vendidos. É claro que era uma mentira do garoto e, juntando-se a mais três comparsas que espreitavam a conversa de longe, correram quintal adentro assim que Tia Miséria pegou o caminho do açougue. Dois ficaram debaixo da árvore, enquanto dois, apoiando-se nos ombros dos outros, ganharam os galhos mais altos. Bem na hora em que colocaram as mãos na primeira fruta, perceberam que estavam presos e, mesmo debatendo-se, não conseguiam se descolar da árvore. Ao chegar, Tia Miséria surpreendeu os meninos encarapitados chorando e gritando. Ela só os libertou depois de lhes dar umas boas lambadas com a vara que usava para colher as goiabas.

Mas eis que, naquele mesmo dia, ao cair da tarde, outro alguém apareceu diante da humilde casa. Dessa vez o visitante era uma criatura muito feia, alta e magra, de trajes longos e negros, carregando uma foice nas mãos.

– Sua hora chegou, Miséria. Sou a Morte e venho buscá-la – disse.

– Mas logo agora?! – reclamou a velha. – Justo agora que terei todas as frutas da minha árvore? Por que não veio me buscar ano passado, quando passei dias piores? Deixe-me aproveitar ao menos este verão...

– Não é possível, tenho que levá-la – declarou, irredutível, a Morte.

Tia Miséria rogou à Morte um último desejo:

– Dona Morte, enquanto me despeço de minha casa, peço que apanhe uma goiaba da minha amada árvore, a quem tratei como filha por toda a minha vida. Aquela que está lá no alto, a maior e mais bonita, poderá nos alimentar em nossa jornada.

A Morte escalou a árvore e, quando montou no galho mais alto, tocou a fruta mais bonita e apetitosa. No entanto, ao tentar descer, deu-se conta de que estava presa, não conseguia se desvencilhar da fruta agarrada às suas mãos esqueléticas. E ali permaneceu, como um espantalho, o mais sinistro que qualquer pessoa jamais vira.

Não demorou muito e a notícia da senhora presa à árvore se espalhou por todo lado. Foi uma agitação total, todos festejaram intensamente. Viveriam para sempre! Tinham se livrado da morte! Todavia, com o passar de dias, semanas e meses os problemas começaram a surgir: pessoas doentes não conseguiam morrer e sofriam muito; não era possível matar qualquer animal para comer, nem mesmo um simples peixinho; os ratos não morriam e comiam todas as sementes que poderiam ser plantadas. As pessoas começaram a perceber que a morte já fazia falta, que tinha sua importância.

A esta altura, um velhinho muito abatido por uma grave doença chegou à porta de Tia Miséria e disse:

– Miséria, eu imploro, liberte a Morte para que eu tenha descanso. Sinto muita dor e já vivi bastante, quero partir. Como eu, muitos outros estão sofrendo.

Tia Miséria entendeu a gravidade da situação, subiu na árvore com grande custo e cochichou no ouvido da Morte:

– Você faz um trato comigo? Se eu libertá-la, você me deixará viver para sempre?

Sem ter alternativa, desta vez a Morte concordou.

Dizem que é por consequência desse trato que a miséria até hoje existe mundo afora.

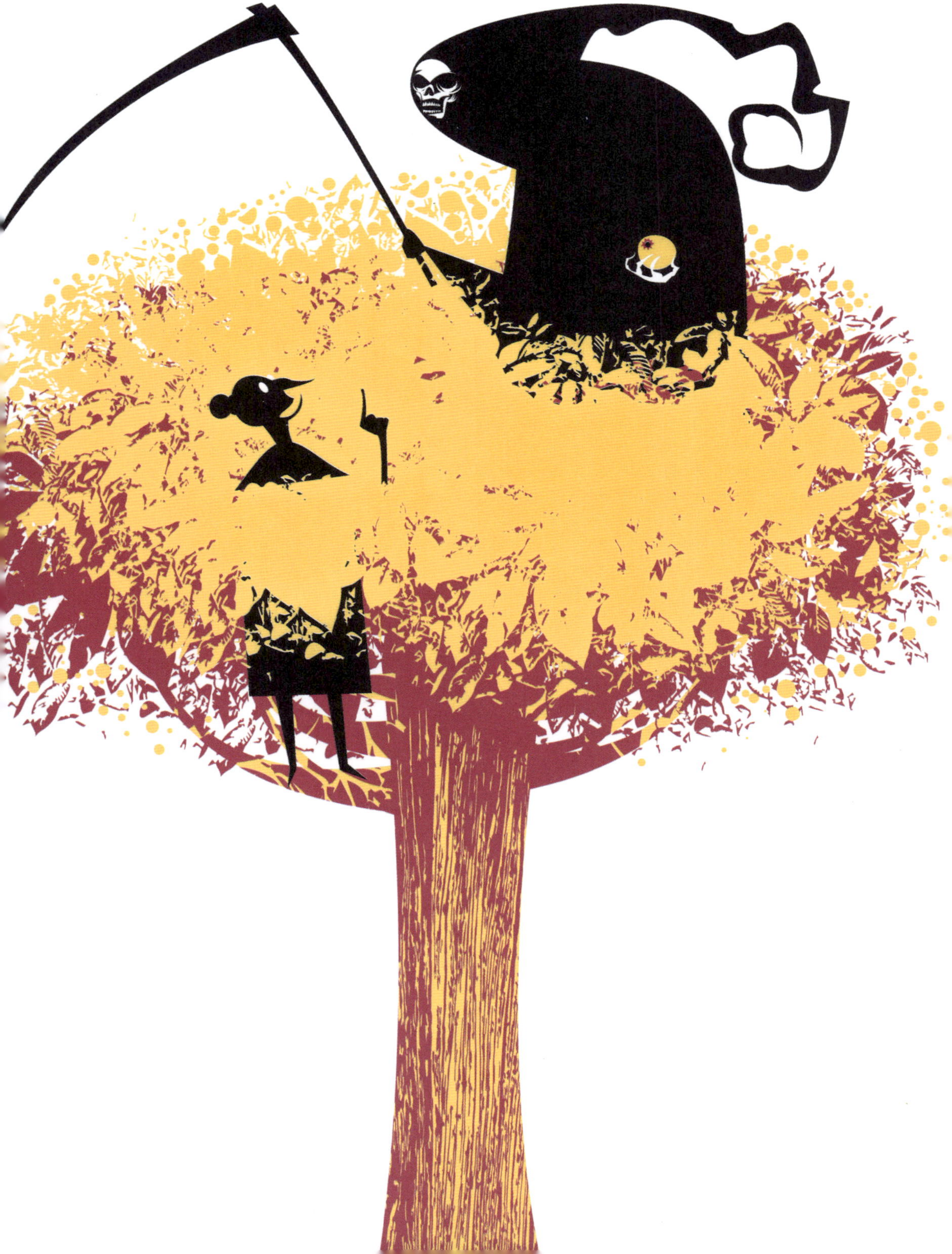

O DOUTOR E A MORTE

REPÚBLICA DOMINICANA

Era uma vez um homem simples e um tanto ambicioso que afirmava, para quem quisesse ouvir, que só trabalharia quando o emprego que arranjasse o fizesse enriquecer rapidamente. Certo dia, a Morte apareceu diante desse homem e disse:

– Sou a Morte e vim atender ao seu desejo. Vou dar a você a profissão de doutor. Terá o poder de curar qualquer pessoa somente com o toque de sua mão, mas você deverá observar sempre o seguinte: quando eu estiver ao pé do doente, você estará autorizado a libertá-lo de seu mal. Mas se eu estiver ao lado da cabeceira, não faça nada.

Trato feito. E o homem começou a correr as redondezas fazendo curas. Salvou milhares de vidas e sua fama foi se alastrando mundo afora, até que foi esbarrar nos ouvidos de um rei cuja filha, coitada, estava muito doente e já desenganada pelos médicos que a tinham examinado.

– Mandem buscar este salvador de sofredores, é imperioso que venha libertar minha amada filha de seu doloroso destino.

Chegando ao palácio, o homem ouviu do rei:

– Minha filha está em grande agonia. Se a salvar, receberá metade da minha riqueza e sua mão em casamento. Mas ai de você se deixá-la morrer! Estará condenado a morrer também, por minha ordem.

Seguro de que poderia curar a princesa, o homem aceitou a proposta. Caminhou pelos corredores do palácio até que chegou ao quarto da princesa e se viu de frente com uma moça pálida e de respiração fraca deitada numa cama. Ficou em pânico ao ver que a Morte estava postada à cabeceira e pensou, aflito:

– Ai, ai, ai, ai, ai... Vou fracassar e ainda matarão a mim! Não posso salvá-la, o que farei agora?

Foi quando teve a ideia de inverter a posição da cama e, assim fazendo, fez com que a Morte ficasse aos pés da cama. Antes que a Morte entendesse o que se passava, o homem tocou a moça, que imediatamente recuperou o viço e o fôlego. Estava curada. A Morte, percebendo a traição, jurou vingança e esperou pelo homem à porta do castelo.

O rei, depois de dizer ao homem tudo o que queria, ordenou que voltasse no dia seguinte para se casar com a princesa. Ao sair do castelo, a Morte agarrou-o pelo braço e disse:

– Venha comigo, traidor!

Levou-o para o céu e lhe mostrou uma quantidade infinita de lamparinas acesas, enquanto explicava:

– Veja o lume dessas lamparinas de azeite. Cada um deles representa um ser vivente. À medida que o azeite se vai, igualmente se vai o tempo restante de vida de cada ser. Agora olhe bem para esta aqui que está com apenas um pouquinho de azeite, só há cinco minutos de vida para o dono desta lamparina. Esta lamparina é a sua.

Então, o homem disse:

– Entendo o que diz, mas imploro por mais 15 minutinhos de vida para eu contar uma história que sei que vai gostar. Assim poderei redimir meu erro.

A Morte aceitou a oferta. Enquanto ela se distraiu com a história, o homem descobriu onde ficava guardado o azeite e encheu tanto sua lamparina que vive até hoje.

Para dizer toda a verdade, o homem da história sou eu. Perdi meu dom de curar os doentes e tenho um trabalho comum agora, mas tenho muito tempo para as histórias e, como este conto agora acabou, conto outro quando encontrar você outra vez.

A ÁRVORE E O PASSARINHO

URUGUAI

Isto aconteceu na época em que homens espanhóis chegaram em seus cavalos ao Uruguai, pisando pela primeira vez o território charrua.
– Venho pedir que decifre o significado de coisas estranhas que estão acontecendo – disse o cacique ao velho sábio de sua aldeia.
– Me diga quais são essas coisas e, com a ajuda dos deuses, eu as decifrarei.
– Vi águias gigantes sobrevoando o território sagrado que ninguém se atreve a perturbar. O rio se erguia em imensas ondas, lá onde nenhuma canoa jamais ousou entrar e onde nenhum pássaro jamais cantou...

– Não seriam, grande chefe, nuvens anunciando tormentas? Espíritos inimigos que se divertem em quebrar a paz e o sossego dos nossos deuses?

– Foi o que pensei inicialmente e, por isso, demorei a vir aqui. Mas agora vi seres horrendos no monte próximo ao rio. São metade homens e metade veados gigantes, que bufam como uma ventania num juncal. Estamos com nossas flechas e boleadeiras preparadas, mas, antes de combater, queremos ouvir sua previsão.

O adivinho implorou aos deuses que lhe revelassem a influência que a invasão desses estranhos teria sobre sua raça, e a notícia foi a pior que poderia receber: os guerreiros pálidos, com trajes reluzentes ao sol, exterminariam o povo charrua.

Diante do ancião, o cacique e os guerreiros reunidos ouviram a terrível revelação de que os intrusos eram homens como eles, mas que mesmo assim sua coragem e suas armas não seriam capazes de vencer o inimigo.

– Mas, então, seremos destruídos?

– Sim, se não quisermos nos submeter.

– Isso nunca! – bradou o cacique, imediatamente, pois conhecia a raça heroica de seu povo.

O ancião continuou:

– Durante dias e noites nosso sangue banhará estas terras e, lentamente, perderemos a posse de tudo que hoje é nosso.

Nesse momento, o mais jovem de todos os guerreiros, Zuanandí, perguntou ao adivinho:

– Quem contará aos homens que virão, quando não mais estivermos aqui, que esta terra foi nossa e que preferimos morrer a nos subordinar? Quem nos salvará do esquecimento e fará nossa memória permanecer viva como os rios e suas areias, como as palmeiras e o ombú?

Para esta pergunta o adivinho também tinha resposta:

– A lembrança ficará no vermelho do sangue do primeiro guerreiro ferido em combate. Esse sangue não secará porque o transformarei numa flor que ressurgirá a cada primavera. Essa flor terá dedos, como uma espécie de mão pronta para acariciar e proteger. Terá também a forma de uma borboleta, mas será ainda mais bonita do que aquelas que dançam felizes com as flores pelas manhãs. E será vermelha como lábios a contar nosso grande passado.

E quando o cacique quis saber quem sustentaria a flor, o adivinho explicou que seria uma árvore nascida do primeiro guerreiro a morrer lutando, prova da valentia e da força que teve o charrua em defender sua terra.

– E como se chamará esta árvore? – perguntou Zuanandí.

– Para os charruas terá sempre o seu nome, Zuanandí. Os futuros donos desta terra a chamarão de ceibo. Esteja preparado.

Diante dessa revelação, Zuanandí disse:

– Prefiro permanecer como árvore e morrer lutando do que viver como escravo – e dizendo isso lançou-se ao combate, seguido pelos demais.

Um momento depois, acercou-se do adivinho Churrinche, uma linda moça da aldeia, dizendo que uma árvore não seria suficiente para o propósito de perpetuar ao longo dos séculos o heroísmo e a luta de seu povo pela independência de sua terra natal.

– E qual é o seu desejo? – perguntou o ancião.

– Gostaria que a história de amor à liberdade do nosso povo não viva apenas nas margens dos rios, mas que se espalhe por todo o canto, sob o céu destas terras.

O ancião pensou por alguns instantes e prometeu a ela que a primeira jovem a enxugar o sangue do primeiro guerreiro ferido seria convertida numa flor que ganharia asas.

– Quero ser eu esta jovem – disse a moça, com entusiasmo e decisão.

– Sim, será você, e o pássaro terá o seu nome, Churrinche.

No campo de batalha, Zuanandí caiu ferido e, carregado pelo cacique e amparado por Churrinche, retornou à presença do ancião e disse:

– Derramei meu sangue em defesa da liberdade do meu povo e estou pronto para ser a árvore prodigiosa a que chamarão de ceibo.

– E aqui estão minhas mãos para aliviar seus ferimentos e acalmar sua dor – disse Churrinche.

E foi assim que, naquele dia, diante da floresta nativa, o adivinho cumpriu sua profecia e, invocando os poderes dos deuses, transformou Zuanandí em ceibo, e Churrinche, na ave cor de sua flor.

O CAVALINHO DAS SETE CORES

VENEZUELA

Há muitos e muitos anos, um homem e seus três filhos cultivavam um trigal. O pai estava preocupado, pois todas as noites algum animal invadia o campo e comia um tanto de seu trigo. Ele, então, chamou o filho mais velho e disse:

– Quero que esta noite fique de guarda cuidando do nosso trigo.

O filho foi, mas logo o sono chegou e ele dormiu profundamente. Só foi acordar com o sol já alto e, olhando em volta, viu que o animal tinha voltado e comido mais uma grande porção do trigo.

O pai o repreendeu severamente e resolveu chamar o filho do meio, dando ordem para que este cuidasse do trigo na noite seguinte.

O segundo filho foi, mas assim como o primeiro, ficou sonolento, se encostou e dormiu. Como na noite anterior, o animal apareceu e comeu o trigo sem ser percebido.

O pai não sabia mais como resolver a situação, já estava caindo em desespero, pois se os ataques noturnos persistissem, não teria trigo para vender e estaria arruinado. Foi quando o filho mais novo pediu ao pai que deixasse que ele fizesse a vigilância.

– Não, meu filho – respondeu o pai –, você ainda é muito novo para essa tarefa.

Mas de tanto insistir, o pai acabou concordando com o garoto.

O menino já tinha pensado numa estratégia para combater o sono e levou seu violão e um pacote de alfinetes com ele. Preparou sua rede espetando os alfinetes nela toda, exceto no lugar onde se sentaria. Assim, ele tocou e cantou até meia-noite, quando nada de extraordinário ainda tinha acontecido. Quando sentia sono e seu corpo caía de moleza, os alfinetes o pinicavam, então novamente pegava o violão e recomeçava sua cantoria, e assim foi vencendo as horas acordado.

Quando era alta madrugada, começou a ouvir os ruídos do animal que acabara de pisar no trigal para fazer sua refeição noturna. Imediatamente o menino pegou sua corda e, numa única e certeira investida, laçou um lindo cavalinho, esplendoroso em suas sete cores que resplandesciam na escuridão do campo.

O cavalinho se entristeceu e pediu:

– Por favor, me liberte e eu ajudarei você sempre que necessitar.

– Como assim, vai me ajudar? E por que eu deveria confiar em você?

– Sou o Cavalinho das Sete Cores e posso ampará-lo sempre que estiver em apuros. Se me libertar, prometo que serei seu amigo.

– Posso fazer isso, mas deve prometer que nunca mais comerá o trigo do meu pai.

Com tudo bem combinado, o garoto deixou livre o cavalinho, que lhe entregou uma varinha mágica, dizendo:

– Quando precisar de mim, me chame com esta varinha. Virei em seu auxílio onde quer que esteja.

E desapareceu.

O menino escondeu a varinha e guardou segredo sobre tudo o que acontecera naquela noite. O pai estava orgulhoso do filho, mas seus irmãos, sentindo vergonha do pai e inveja do irmão, resolveram ir embora.

Quando o irmão mais novo viu seus irmãos preparando os cavalos para partir, pediu:

– Deixem-me ir com vocês, irmãozinhos, por favor.

– Não seja tolo! Você tem que ficar, nós não servimos para nada aqui e não suportamos a vergonha que nos fez passar.

E se foram a galope, sem despedidas. O mais novo, desesperado, correu atrás dos mais velhos por um tempo, depois caminhou por dias e noites até que, já coberto de poeira e exausto, avistou dois cavaleiros em suas montarias à distância. Eram seus irmãos.

– Mas esse fedelho não desiste?

O menino implorou ao se aproximar:

– Quero ficar com vocês, me levem na sua garupa. Tomem, peguem minha bolsa, aqui tem comida.

– Nos oferece sua comida?

Então pegaram a bolsa e quando estavam de barriga bem cheia, propuseram levar o menino com eles, mas apenas se permitisse que lhe cegassem.

O menino aceitou trocar sua visão pela companhia dos irmãos. No entanto, o que eles queriam é que ficasse cego para nunca mais conseguir encontrá-los e, depois de andarem um pouco juntos, o abandonaram no caminho. Sem parar de chorar, o menino cambaleou até tocar o tronco de uma árvore e enquanto repousava num dos galhos lamentava sua triste sina.

A noite chegou e trouxe com ela duas bruxas, que pousaram nos galhos da mesma árvore. O menino se calou e prestou atenção na conversa delas:

– Acontece cada uma nos dias de hoje, menina! Este mundo está perdido mesmo!

– Mas o que foi que aconteceu?

– Veja só você... Agora irmãos se comportam mal com seus próprios irmãos. Imagine que há pouco, dois mais velhos arrancaram os olhos de um mais novo!

– Ah, querida, é terrível mesmo. Mas, olha, vou te dizer que eu sei o que resolve esse problema.

– Nossa, é mesmo? E como é isso, mulher? Algum feitiço ou poção?

– Não, mais fácil. Três folhinhas desta árvore esfregadas sobre os olhos cegos e, tcharãm!, a visão volta tão boa quanto antes.

– Mentira! Jura?

– Claro, cuaj-cuaj-cuaj!

E fun-fun-fun fizeram as bruxas ao levantar voo e irem embora.

Querendo acreditar no que tinha ouvido, imediatamente o menino arrancou as três folhinhas, passou sobre os olhos e, num instante, já enxergava novamente.

Decidido a reencontrar os irmãos, voltou a caminhar até que alcançou um povoado e descobriu que era ali mesmo que eles moravam. Foi ao encontro deles. Surpresos ao vê-lo, perguntaram como tinha conseguido recobrar a visão, mas o menino respondeu que não sabia. Resolveram convidá-lo para morar com eles, mas lhe deram as tarefas de um serviçal: limpar a casa, cozinhar e tratar dos cavalos.

Tempos depois, chegou a notícia de que o rei estava procurando um marido para a filha e que lançara um concurso no qual o cavaleiro que acertasse uma maçã bem no colo da princesa ganharia sua mão em casamento. A princesa estaria acomodada na varanda de seu quarto, que era a mais alta do palácio.

Os três irmãos se inscreveram, e o mais novo – que a esta altura já era um jovem – o fez em segredo.

No dia do torneio, o jovem pegou a varinha mágica e enunciou:

– Varinha mágica, pela mágica que tem, traga aqui o Cavalinho das Sete Cores.

– Estou aqui para ajudar. O que você precisa? – disse prontamente o cavalinho, surgindo bem à sua frente, mais colorido do que nunca.

– Preciso de vestes luxuosas e que me ajude a conseguir a mão da princesa.

E nem bem tinha terminado de fazer o pedido, já estava montado em seu extraordinário Cavalinho das Sete Cores e vestido como um príncipe. Cavalgaram até a praça e, depois que todos os competidores já haviam fracassado, arremessou sua maçã, que caiu aos pés da princesa. Sumiu sem deixar rastro, para assombro de todos.

Reapareceu em casa com sua aparência habitual e ocupou-se de suas tarefas enquanto ouvia os comentários dos irmãos:

– Aquele lá tem boa pontaria, hein?!

– É sim, foi por muito pouco... Acho que é ele quem vai acabar se casando com a princesa.

– Mas, escute aqui, você reparou como ele é parecido com nosso irmão?

– Você está louco? Esse aí é um tonto!

No segundo dia, ninguém conseguiu fazer a maçã chegar nem perto da varanda da princesa, até que apareceu novamente o cavaleiro que impressionara a todos no dia anterior, porém trajado de modo ainda mais elegante. A maçã lançada por ele dessa vez roçou os cabelos da princesa, resvalou por seu ombro, mas caiu novamente a seus pés. Foi um imenso burburinho. Quando todos voltaram os olhares para o cavaleiro, ele e seu cavalo já não estavam mais ali.

Quando os irmãos chegaram em casa, o jovem estava esfregando o chão e dessa vez a conversa foi esta:

– Hoje prestei mais atenção e continuo achando que esse cavaleiro desconhecido se parece muito com nosso irmão.

– Mesmo que se pareça, não pode ser ele. Apesar de ter resolvido o problema do trigal e ter recobrado a visão sem a menor explicação, ele não tem roupas tão requintadas e muito menos um cavalo daqueles.

– É mesmo, é impossível. Que bobagem pensar isso.

Como nos dias anteriores, no terceiro dia nenhum cavaleiro teve sucesso. Surgiu, então, o maravilhoso cavaleiro, agora vestido de brilhos em seu belíssimo cavalo que trocava de cor a todo instante. Dessa vez, encarou firmemente seus irmãos para que o reconhecessem e arremessou a maçã com precisão, fazendo-a cair suavemente no colo da princesa, que chegou a sentir cócegas.

Uma imensa agitação tomou conta do lugar. Os noivos foram apresentados, se apaixonaram no mesmo instante e se casaram com grande celebração.

O príncipe mandou chamar seus irmãos, que diante dele pediram perdão aos prantos.

– Poderia querer me vingar de vocês por tudo que já me fizeram. No entanto, eu os perdoo e ordeno que busquem nosso pai para que venha viver conosco em harmonia.

Finalmente, foi a vez de o Cavalinho das Sete Cores declarar:

– Agora que vejo que está feliz ao lado de sua esposa e junto de sua família novamente, sinto que cumpri meu dever.

Revelou suas belas asas e, num trote mágico, desapareceu no céu para nunca mais.

E todos desta história viveram felizes até o fim de seus dias.

SOY LOCO POR TI AMERICA

A América Latina é um território grande, com quase o dobro da área da Europa. A divisão dos países ocorreu depois que a América foi colonizada, sobretudo por portugueses e espanhóis, a partir do século XV. Porém, antes disso, inúmeros povos viviam no continente, com diferentes culturas e línguas. Estima-se que havia mais de 32 mil idiomas distintos! Durante a colonização, com a chegada de europeus e de negros africanos trazidos como escravos, iniciou-se um processo de mistura, miscigenação, que resultou numa grande diversidade cultural e étnica, marcante até hoje.

A CHEGADA DOS ESPANHÓIS

A colonização espanhola começou nas Antilhas, pequenas ilhas da América Central banhadas pelo mar do Caribe. Haiti, República Dominicana, Cuba e Jamaica são alguns dos países aí localizados, conhecidos por suas belas praias de mar azul e areias brancas. Nessa região também há territórios não independentes que fazem parte de outros países. A América Central Continental é uma faixa de terras entre a América do Norte e a América do Sul que abriga sete países: Belize, Guatemala, Honduras, El Salvador, Nicarágua, Costa Rica e Panamá.

AQUI NASCEU O CHOCOLATE!

Foi aqui na América Latina que surgiu um alimento consumido hoje por pessoas do mundo todo: o chocolate! Diz-se que tudo começou com uma antiga civilização chamada olmeca, que viveu há milhares de anos onde hoje ficam México e Guatemala. Depois, maias e astecas mantiveram o costume de beber chocolate. Para os astecas, as sementes do cacau eram um presente do deus Quetzalcoátil, vindas do céu para os seres humanos. Elas eram torradas e misturadas com iguarias, resultando num líquido de sabor bem diferente do nosso chocolate de hoje. Com a colonização, o chocolate foi levado à Europa e se espalhou pelo mundo.

© Códice Zouche-Nutall/Museu Britânico

Nesta gravura, o casal compartilha a bebida feita com o cacau.

A CIDADE PERDIDA

Em países como Peru, Bolívia, Chile, Argentina e Equador viveu outra civilização bastante desenvolvida, a inca. Havia um imperador bem poderoso e uma vasta população composta por índios da etnia quéchua. Um dos maiores símbolos dessa civilização é a cidade histórica de Machu Picchu, localizada no Peru, na cordilheira dos Andes. Construída no topo de uma montanha, toda em pedra, é considerada patrimônio mundial pela Unesco e é uma das Sete Maravilhas do Mundo Moderno.

Símbolo do Império Inca, estima-se que Machu Picchu tenha sido construída por volta do século XV.

MILHO DE VÁRIAS CORES

Para os incas, a agricultura era uma atividade muito importante. Tanto que o milho, por exemplo, é a base da alimentação em vários países latino-americanos até hoje e pode ser encontrado em diversas cores.

Da Venezuela à Argentina, o milho é fermentado e usado em bebidas como o *cauim* e o *caxiri*. No Chile, é apreciado um prato a base de massa adocicada de milho, recheado de carne e ovo, chamado *pastel de choclo*. Na Venezuela, Colômbia e Panamá, o ingrediente é usado para preparar tradicionais bolinhos conhecidos como *arepas*.

As *arepas* são assadas ou fritas e ainda podem ser recheadas.

No Peru, o milho é preparado com frutas e açúcar, virando um refresco chamado *chicha*.

COMIDA PICANTE

No México, a pimenta é preferência nacional, usada na comida, na bebida e até na sobremesa, para realçar o sabor dos alimentos. Sim, mesmo as crianças já se acostumam desde cedo com a pimenta, que está também em doces, balas e pirulitos!

Também fazem parte da alimentação mexicana ingredientes bem diferentes, como os frutos dos cactos e os *chapulines* (gafanhotos).

PETISCO DIFERENTE

No Brasil, em alguns lugares do Ceará e de Goiás, existe outro costume muito curioso: comer o abdômen de formigas tanajuras (içás).

Acontece assim: na época de reprodução, as fêmeas deixam os formigueiros voando para se acasalar e, então, são capturadas pelas pessoas. É uma festa! Depois podem ser fritas em gordura ou banha, assadas ou usadas no preparo de outros pratos, como farofa. Ricas em proteínas e outros nutrientes, as tanajuras são ainda usadas em remédios, e acredita-se que fazem bem para a visão!

A ALMA DOS ANDES

A cordilheira dos Andes é uma extensa cadeia de montanhas que ocupa os territórios da Venezuela, Colômbia, Equador, Peru, Bolívia, Chile e Argentina. Nela vive uma ave que é símbolo da América do Sul: o condor. Para se ter uma ideia de seu tamanho, ele pode chegar a três metros de envergadura (medida de uma extremidade da asa à outra)!

Os condores são parentes dos abutres e urubus. A base de sua alimentação é a carne de animais mortos. Para buscar seu alimento, os condores às vezes precisam viajar centenas de quilômetros, voando muito alto para farejar carniça lá de cima.

O condor era considerado um animal sagrado pelo povo inca.

BRINQUEDO DA **NATUREZA**

Já imaginou ter um brinquedo feito de planta? É o que fazem algumas crianças que moram na região pantaneira, perto da divisa entre Brasil e Bolívia. Lá, existe uma planta aquática típica chamada camalote, que pode ser usada para produzir diversos produtos, inclusive bonecas! A planta é recolhida no rio Paraguai, em canoas. Depois, deve ser seca por três dias, para então poder ser trançada e costurada.

Morando ali, tomar banho de rio e fazer guerra de lama depois da chuva também são brincadeiras bem comuns.

Também conhecida como aguapé, baronesa ou dama-do-lago, esta planta contribui com a regeneração da água.

MUITAS LÍNGUAS!

No nosso vizinho Paraguai, existem dois idiomas oficiais: o espanhol, trazido pelo colonizador, e o guarani, falado pelos índios. A moeda desse país também se chama guarani, em homenagem à população indígena.

Na Bolívia e no Peru, há três línguas oficiais: espanhol, quéchua e aimará! Já nos vizinhos Uruguai, Argentina e Chile, a única língua reconhecida hoje como oficial é o espanhol. E, no caso do Brasil, é o português, idioma dos nossos colonizadores.

REFERÊNCIAS BIBLIOGRÁFICAS

BARLOW, Genevieve. *Leyendas lationoamericanas*. Columbus: McGraw Hill Glencoe, 1996.

BIERHORST, John. *Cuentos folklóricos latinoamericanos:* Fábulas de las tradiciones hispanas e indígenas. New York: Vintage Books, 2003.

CASCUDO, Luis da Camara. *Contos tradicionais do Brasil*. Belo Horizonte: Itatiaia, 1986.

HAYES, Joe. *The day it snowed tortillas*. El Paso: Cinco Puntos Press, 2003.

IMBELLONI, J. *Folklore argentino*. Buenos Aires: Editorial Nova, s/d.

LYRA, Carmen. *Cuentos de mi tía Panchita*. San José: Legado, 2005.

PÉREZ, Martha Esquenazi. *Los cuentos cantados en Cuba*. Habana: Centro de Investigación y Desarollo de la Cultura Cubana Juan Marinello, 2002.

PRIETO, Melquíades (dir.). *Antología de cuentos populares*. Madri: Editorial EDAF, 1999.

ROHMER, Harriet. *Mother Scorpion country:* Stories from Central America. San Francisco: Children's Book Press, 1987.

SIMMS, Laura. *Becoming the world*. New York: Mercy Corps, 2002.

STRAUSFELD, Michi e HERREROS, Ana Cristina. *Mitología americana:* Mitos y leyendas del Nuevo Mundo. Madri: Siruela, 2010.

TORRES, Dionisio M. González. *Folklore del Paraguay*. Asunción: Editorial Servilibro, s/d.

VERONICA, Uribe. *Cuentos de espantos y aparecidos*. Caracas: Ekaré, 1999.

CELINA BODENMÜLLER

Aos 11 anos trabalhei numa biblioteca que ficava dentro de uma Brasília; enquanto a dona da biblioteca dirigia, eu lia. Hoje trabalho em uma livraria infantil e, sendo a vida cheia de poesia, me tornei autora. Este já é meu terceiro livro – pela Panda Books, já escrevi *Dinossauros – O cotidiano dos dinos como você nunca viu*. Eu tive a honra de compartilhar esta obra com uma das melhores narradoras de histórias do mundo e, em nossa pesquisa, nos deparamos com a rica cultura de antigos povos. Resgatar e registrar esses contos valoriza a identidade de cada um e de todos os que vivem na América Latina. Sim, nós temos histórias!

FABIANA PRANDO

Gosto de estar na companhia das histórias. Graduada em letras, fui professora e me tornei contadora de histórias! Recebi o convite para escrever esta coletânea de uma amiga querida que vive entre livros! No período de nossa pesquisa, viajei para o México e vivi a Festa do Dia dos Mortos, em Oaxaca. Tantas narrativas permearam essa experiência que selecionar apenas um conto para cada país se tornou um desafio. Encanto, ternura e assombro nos acompanharam nesta viagem ao coração da América Latina!